AF282595

Radio - Klang der Welt

Wellen, die verbinden

FSC
www.fsc.org
MIX
Papier aus ver-
antwortungsvollen
Quellen
Paper from
responsible sources
FSC® C105338

Helmut Matt

Radio - Klang der Welt. Wellen, die verbinden
1. Auflage 2024
© by BoD
Gesamtherstellung BoD
www.bod.de
ISBN 9783759753151

Inhaltsverzeichnis

Einleitung

Viele Bücher sind schon über das Radio geschrieben worden. Besonders in diesen Tagen, in denen das Radio seinen 100. Geburtstag feiert. Ich denke, die Geschichte des Rundfunks wurde bereits oft genug geschrieben. Handbücher für Radiofreunde, Radiobastler oder Radioamateure gibt es ebenfalls hinreichend.

Meine ganz persönliche Radiogeschichte möchte ich erzählen. Natürlich werden Informationen zum Hintergrund des Rundfunks nicht zu kurz kommen und wer sich noch nie mit dem Rundfunkfernempfang beschäftigt hat, wird trotzdem alles, was hier erzählt wird, problemlos verstehen können.

So habe ich mir die zentrale Frage gestellt, wie man zum Radioamateur, zum DXer wird und was für eine Motivation dazu geführt hat, sich für die Radiowellen zu interessieren.

Dieses Buch gibt nicht nur einen Einblick in die faszinierende Welt des Radiofernempfangs. Es blickt auch hinter die Kulissen dieser Welt, erklärt die Bedeutung der Sender für den Hörer und umgekehrt. Auch von der Begeisterung für QSL-Karten, Wimpel und andere Radiosouvenirs wird erzählt – ebenso von den verschiedenen Arten, auf Kurzwelle zu senden und die vielfältigen Möglichkeiten, die Sender zu empfangen.

Für mich war das Radio auch sprichwörtlich das Tor zur Welt. Es brachte nicht nur ferne Länder in das kleine Schwarzwalddörfchen, in dem ich aufgewachsen bin. Es brachte auch mich an die Orte, von denen die Funkwellen stammten. Die sehr unterschiedlichen Reisen zu den Sendern und mit den Sendern sind ganz nah mit meiner Liebe zum Radio verbunden. Diesen Reisen gehört ein weiterer Teil der Geschichte, die ich nun erzählen werde.

Am Schluss erfährt man, was heute noch übrig ist von den Wellen, die einen großen Teil meines Lebens bedeutet haben und immer noch bedeuten.

Herbolzheim im Sommer 2024

Helmut Matt

Radiogedanken

Großes Konzert, störender Klangteppich, banales Geplapper, hochwissenschaftliche Vorträge renommierter Professoren, Quelle für sachliche Information oder Medium zur Manipulation von Massen: Die Vielfalt an Attributen und die Dimension der Gegensätze ist kaum zu überschauen. Das Radio ist ein Medium, das von Anfang an in all seiner Vielfalt den unterschiedlichsten Zielsetzungen unterworfen wurde – sowohl von Seiten der Radiomacher als auch von den Konsumenten.

Wollte man ermitteln, welche persönliche Bedeutung das Radio für den Einzelnen hat, dann gäbe es sicherlich ebenso viele unterschiedliche Erklärungsversuche, wie es Hörer gibt. Das Verbindende am Radio ist die einzigartige Möglichkeit, mit Menschen akustisch Kontakt aufzunehmen, mit Menschen zu kommunizieren und an die menschliche Suggestivkraft zu appellieren. Im Gegensatz zum Fernsehen und zu gedruckten Medien gibt es beim Radio keine fertigen Bilder - weder authentisch noch gefälscht - auf die der Fokus projiziert und durch welche die Kraft des gesprochenen Wortes gemindert wird. Der Radiorezipient nimmt zwar Eindrücke von außen auf, ist jedoch zur Verarbeitung des Gehörten auf seine eigene Vorstellungskraft angewiesen.

Radio ist ein ganz besonderes, ein einzigartiges Medium, das Nachrichten übermitteln, Kontinente verbinden, Völker vereinen und den menschlichen Geist erweitern kann. Es gibt aber auch hinreichend Beispiele dafür, dass die Rundfunkwellen zum entgegengesetzten Zweck ge- bzw. missbraucht werden können. Stellvertretend seien Hitlerdeutschland oder Nordkorea genannt. Mit gewissen Einschränkungen ließen sich wohl auch die Länder des früheren Warschauer Paktes nennen. Menschen wurden und werden auch heute noch gezielt durch Zensur, bewusste Desinformation und manipulative Propaganda im Sinne einer allmächtigen Staatmacht zu Opfern einer geistigen Gleichschaltung, für die das Radio ebenso, wie anderen Medien eingesetzt werden. Auch gezielte Unterwanderung durch Parteien und Interessengruppen, wie wir sie in diesen Tagen erleben, dürfen dabei nicht unerwähnt bleiben.

Und doch: Internetleitungen lassen sich kappen, Fernsehprogramme sind ohnehin nur lokal verfügbar, Satellitenempfang lässt sich weitgehend einschränken und kontrollieren. Radiowellen jedoch sind im Mittel- und Kurzwellenbereich durchaus geeignet, die Erde zu umkreisen und Informationen in die hintersten Winkel eines auch noch so hermetisch abgeriegelten Landes zu transportieren. BBC London, Radio Moskau, Radio Beromünster – das waren die Schreckensworte, die einst dem Propagandaminister Goebbels das Blut in Wallung bringen konnten. Auch heute noch wird das Medium Radio dazu benutzt, Menschen mit Informationen von außen zu versorgen, wenn im eigenen Land geistige Unfreiheit und Medienkontrolle herrscht. Auch in den Jahren des kalten Krieges gelang es den Regierungen jenseits des Eisernen Vorhangs trotz Störsendern und Verboten nicht, Sender wie die BBC, die Deutsche Welle oder die Stimme Amerikas zum Schweigen zu bringen.

Ob in einem Land mit strenger Zensur oder in einer echt pluralistischen Welt - es bleibt immer dem Einzelnen überlassen, die Spreu vom Weizen zu trennen und objektive Tatsachen von bewusster Meinungsmache zu unterscheiden. Ebenso wie Bilder können auch Worte Suggestionen entwickeln - je nachdem wie sie ausgesprochen und betont werden. Auch in der sogenannten freien Welt gibt es immer wieder Versuche verschiedenster Parteien, Firmen und Organisationen, Menschen im Sinne einer Idee zu mobilisieren und zu manipulieren. Gerade unter extremen Bedingungen zeigt es sich, dass Radio durchaus auch ein Medium ist, das von seinen Nutzern eine wirklich kritische Distanziertheit und Vorsicht abverlangt.

Mit dem Radio verbindet mich selbst seit nun schon über 50 Jahren eine ganz besondere Beziehung — eine Faszination, die mich ergriffen hat, als ich noch ein kleiner Junge war und zum ersten Mal auf der Mittelwellenskala unseres alten Dampfradios auf Sendersuche ging. Geheimnisvolle Namen lockten meine Neugier: Kalundborg, Moskau, London, Beromünster. Dieses innere Drängen erzeugt aus Wissensdurst, Forscherdrang und kindlicher Neugier beseelt mich noch heute. Das Radio ist für mich noch immer ein wichtiger Bestandteil meines Lebens, den ich, gäbe es ihn nicht, schmerzlich vermissen würde.

Radio bringt die große, weite Welt nach Hause und lässt uns ferne Regionen und Kulturen persönlich erleben. Zahlreiche echte Freundschaften, die mein Leben bereichern, entstanden durch das Radio und durch meine Korrespondenzen mit den Sendern. Bis nach China und Taiwan, in die Türkei, nach Rumänien, Bulgarien und in die Tschechische Republik hat sie mich schon geführt, die Liebe zum Radio und die Freundschaft zu den Sendern aus vielen Ländern der Erde.

Informationsquelle, Hobby, technische Faszination, Forscherleidenschaft, Brücke zur Welt – in meinem Leben ist das Radio in vielerlei Facetten präsent. Wer einmal von der Magie der Rundfunkwellen erfasst wurde, der bleibt für immer in Ihrem Bann.

ALPHA	NOVEMBER
BRAVO	OSCAR
CHARLIE	PAPA
DELTA	QUEBEC
ECHO	ROMEO
FOXTROT	SIERRA
GOLF	TANGO
HOTEL	UNIFORM
INDIA	VICTOR
JULIETT	WHISKEY
KILO	X-RAY
LIMA	YANKEE
MIKE	ZULU

Das Funker-Alphabet

Mein Radio

Ein Radio in Papas Raum
Das war mein schönster Kindertraum.
Hab um Erlaubnis nicht gefragt
Und ging schon bald auf Wellenjagd.

Auf UKW war nicht viel los.
Stattdessen war AM ganz groß.
Ob Moskau oder DDR,
Das Wellenreiten gab viel her.

Das Radio war bald zu klein,
Ein Weltempfänger, das wär' fein.
Ich schraubte ohne Ruh und Rast,
Bald war die ganze Welt zu Gast.

Im Äther gab's den kalten Krieg,
In Störsendern sah man den Sieg.
Fast jedes Land war da zu hören
Auch Jamming konnte uns kaum stören.

Der Grenzwall fiel, es kam die Wende,
Und mit dem Rundfunk ging's zu Ende.
Zu Ende schien's mit den Gefahren,
Die Gelder wollte man nun sparen.

So machte man die Sender dicht.
Im Internet sah man das Licht.
Und in der Welt gab es kein Halten
Die Sender alle abzuschalten.

Doch wird es Rundfunk immer geben,
Die Menschen halten ihn am Leben.
Man hört ganz kleine Sender heute,
Mit Enthusiasmus und mit Freude.

Noch immer gibt es viel zu hören
Fast keine Jammer, die uns stören.
Nun hört man viele freie Sender,
Denn sie beleben jetzt die Bänder.

Das Internet kann man blockieren,
Was man nicht will, neutralisieren.
Wellen, die sich frei bewegen,
Die kann man nicht in Ketten legen.

So hält man die Zensoren klein.
Schaltet die Sender wieder ein.
Drum wird das Radio weiterleben.
Es wird auch immer Hörer geben.

Kindheit

Lange ist es her. In einem kleinen Dorf mitten im Schwarzwald bin ich aufgewachsen. Es war ein sehr einsamer, beschaulicher Ort: Die Straße, der Bach, schmale Auen, eine Handvoll Häuser, die Berge. Es gab auch eine Kirche, eine kleine Friedhofskapelle und sogar eine Schule und mehrere Wirtshäuser.

Still war es noch, damals in den sechziger Jahren des vergangenen Jahrhunderts. Ab und zu wurde das endlose Rauschen des Bachs durch ein Motorengeräusch unterbrochen: Die Post, der Förster, ein Traktor.

Sie waren einfache Leute, meine Eltern. Fleißig, sparsam, schweigsam – und erfüllt vom Glauben an Gott und seine Gnade. Es war eine stille Zeit. Noch kaum hatte die technische Welt unser behütetes Dasein berührt. Das Holz für den Winter wurde noch mit der Axt geschlagen, das Heu für die Tiere manuell gewendet und auf den Handkarren geladen. Reichere Bauern hatten immerhin einen Ochsen oder zwei – bei uns wurde die Ernte noch mit rein menschlicher Kraft nach Hause bracht.

Keine Technik weit und breit. Wirklich? Tatsächlich hatte mein Vater sich von seinen ersten Ersparnissen eine der ganz großen Erfindungen des 20. Jahrhunderts gekauft: Ein Radio. Geheimnisvoll, glänzend schön und blank poliert stand es in einem dazu passenden Schrank. Fasziniert bestaunten auch wir Kinder die beleuchtete Skala und wie ein Wunder aus verzauberten Märchen öffnete und schloss sich dessen „magisches Auge". „Grundig 2035 3D Klang" – Dampfradio würde man es heute nennen: Poliertes und lackiertes Holzgehäuse, weiße Tasten, ungewohnt klingende Stimmen. Bekannte und fremde Namen auf der Skala: München, London, Kalundborg, Beromünster. Ganz Europa hatte sich da versammelt und wartete darauf, entdeckt und gehört zu werden.

Zu Anfang, als wir noch ganz klein waren, freuten wir uns immer sehr, wenn Papa sich abends nach getaner Arbeit endlich an sein Radio setzte. Auf UKW liefen dann die Nachrichten aus Stuttgart – von denen wir Kinder nicht viel verstanden haben. Es gab aber auch schöne Musik – und ganz still wurde es im Zimmer, wenn der Kinderfunk begann oder wenn nach den Nachrichten der freundliche Onkel seine Gute-Nacht-Geschichte erzählte. Jeden Tag eine neue. Er hatte anscheinend einen unerschöpflichen Fundus davon. Einen Fernseher gab es damals in unserem Haus nicht, aber das Radio wurde nicht nur für unseren Vater, sondern auch für mich zu einem täglichen Begleiter.

Das „magische Auge", besonders aber die vielen Namen auf der Mittel- und Langwellenskala weckten schon recht früh meine Neugier und so machte ich mir schon bald selbst an dem Gerät zu schaffen – wenn niemand sonst in der Nähe war. Die Enttäuschung war groß, als ich feststellte, dass es auf den Bändern, die mir die Welt versprachen, fast nichts zu hören gab. Natürlich wusste ich nicht, dass es dort erst bei Einbruch der Dunkelheit richtig bunt wurde. Ich bin nicht mehr sicher, wer genau mir das verraten hat. Jedenfalls begann mit genau diesem Hinweis mein Leben mit dem Radio und meine Faszination für das Wellenreiten – und es hat mich bis heute nicht mehr losgelassen.

Dann kam das erste eigene Radio

Die Neugier war geweckt und mir wurde bald klar, dass es so etwas wie Empfangsschwankungen gab. Von elektromagnetischen Beeinträchtigungen war in der damaligen Zeit noch nichts zu bemerken. Es gab ja auch nicht viele elektronische Geräte, die für einen Störnebel hätten sorgen können. Dennoch konnte man den einen oder anderen Sender mal gut, mal weniger gut oder manchmal auch sehr schwach empfangen.

Papas Dampfradio

Die Magie verwandelte sich in eine akustische Reise durch das eigene Land und auch in die Nachbarstaaten – auch hinter dem sogenannten eisernen Vorhang. Was man da alles hören konnte:

Hamburg, RIAS Berlin, den österreichischen Rundfunk – aber auch die Stimme der DDR, Radio DDR und sogar in deutscher Sprache die Sendungen von Radio Prag und Radio Moskau. Die Sendungen des Schweizer Rundfunks aus Beromünster waren eine wirkliche Herausforderung: Im mittleren Schwarzwald spricht man zwar ebenfalls einen alemannischen Dialekt. Das Idiom der Schweiz klingt aber doch ganz anders und es gibt zudem viele ganz eigene Begriffe, die in unserer Sprache nicht zu finden sind. Das war sicherlich die wesentliche Ursache dafür, dass ich diesen Sender eher selten gehört habe.

Es hat auch eine ganze Weile gedauert, vermutlich einige Jahre, bis ich verstanden habe, dass nicht jedes Wort, was da über die Wellen getragen wird, auf die Goldwaage gelegt werden darf. Dass insbesondere die expliziten Auslandsdienste aus Moskau oder der CSSR ihre Sendungen nicht aus reiner Menschenliebe oder aus Freude am Radio ausgestrahlt haben, habe ich erst nach und nach verstanden – und damit begonnen, den „Informationen" sowohl aus dem Osten, als auch aus dem eigenen Land, mit einer gewissen Vorsicht zu begegnen.

Dann war er da, der große Tag: Ich glaube, es war ein Geschenk meiner Eltern zu meinem Geburtstag. Ich war um die zwölf oder 13 Jahre alt. Mein erstes eigenes Radio! Es war die Zeit, als man die ersten kleinen Taschenradios kaufen konnte. Es konnte nur die Mittelwelle empfangen. UKW war für mich sowieso nicht sehr interessant – und so ging ich ans Werk und schraubte und testete und hörte. Oft bis in die späte Nacht. Sehr empfangsstark war es nicht, mein erstes tragbares Transistorradio – aber es war mein erstes eigenes und ich habe es geliebt.

Es war an einem schneereichen Wintertag. Warm eingepackt wollte ich den neuen Schlitten ausprobieren. Der Abhang, den ich mir für die erste Schlittenfahrt ausgesucht hatte, war aber ein wenig zu steil, so dass ich mit hoher Geschwindigkeit gegen die Wand unseres Hauses sauste. Da gab es kein Besinnen – einer unserer Bekannten aus dem Dorf hatte ein Auto, mit dem er mich ins Krankenhaus brachte. Weil man dort feststellte, dass ich das linke Bein verstaucht hatte, musste ich gleich dableiben. Dass ich all das nicht in schlechter Erinnerung behalten habe, verdanke ich dem Radio. Neben Zahnbürste, Seife und Hausschuhen musste natürlich auch mein erster Transistorempfänger mit ins Gepäck – und dieser half mir dann auch, die langen Tage im Bett zu überbrücken und das Gefühl für die verrinnende Zeit nicht zu verlieren. Dabei musste ich die Ohrhörer verwenden um die Leute in den Nachbarbetten nicht zu stören. Vor allem in den dunklen Abendstunden hieß es zudem immer aufgepasst, dass die Krankenschwester mich nicht dabei erwischte, wie ich, statt zu schlafen, an meinen Radio hing. Zumal es tagsüber auf der Mittelwelle wenig zu empfangen gab. Ich habe damals noch nicht so recht verstanden, dass die Sonne dafür verantwortlich ist, dass durch ihre Energie dämpfende Schichten entstehen, die sich in der Nacht in Nichts auflösen und dass dann genau aus diesem Grund weit entfernte Radiosignale gehört werden konnten. Aber auch ohne die genauen Hintergründe zu kennen, habe ich das Phänomen erkannt und das Radio entsprechend benutzt.

Meine erste QSL-Karte

Einsam, still, scheinbar weit weg von der tosenden Welt und doch voller Glück – so habe ich meine Kindheit in Erinnerung, meine Heimat, unser Dorf, mein Leben. Und neben der Stille gab es eine Tür, die man immer dann öffnete, wenn man heraustreten wollte aus dem behüteten, ländlichen Mikrokosmos dieser Tage. Die Radiowellen brachten die große, weite Welt zum Klingen. Mit wachsendem Interesse hörte ich die Sendungen, die in Moskau und in anderen Ländern für die deutschsprachigen Hörer produziert wurden. Keineswegs waren das nur ideologisch eingefärbte Nachrichten und Berichte - obwohl auch daran nicht gespart worden ist. Mir gefielen die farbenfrohen Beiträge über Land und Leute, über das geheimnisvolle Sibirien, das Leben in den orientalischen Republiken Zentralasiens, die Einsamkeit im Nordmeer und die große Weite der Taiga. Auch die russischen Lieder und Tänze, die Vielfalt an Traditionen und kunsthandwerklichem Schaffen – all das war für mich neu, geheimnisträchtig, groß, beeindruckend. Radio Moskau habe ich damals besonders gern gehört.

Am Ende jeder Sendung haben die Sender ihre Hörer aufgefordert, ihnen zu schreiben, ihnen zu sagen, was gefallen hat und was nicht, was man verbessern kann – und vor allem, wo und in welcher Qualität man sie gehört hat. Es dauerte schon seine Zeit, aber dann fasste auch ich mir ein Herz und schrieb, voll innerer Aufregung, meinen ersten Brief nach Moskau. Ich weiß nicht mehr alle Details, aber ganz sicher habe ich geschrieben, wer und wie alt ich bin, wo ich wohne – und dass ich die Sendungen in deutscher Sprache regelmäßig auf der Mittelwelle höre. Datum, Frequenz, Uhrzeit und ein paar Worte über dem Empfänger, die Empfangsqualität und den Inhalt habe ich ganz sicher auch mit in meinen Brief hineingepackt. Und ab ging die Post: „UdSSR. Moskau. Radio" – das war die Adresse, die man am Radio genannt hat. Damit ging mein Brief dann ab in die ferne Sowjetunion.

Danach sind wohl ein paar Wochen ins Land gegangen. Ich kam von der Schule nach Hause, als meine Mama mir einen Briefumschlag neben den Suppenteller legte. Ein Brief, wie er nach meinen damaligen Vorstellungen geheimnisvoller kaum sein konnte: Der Absender in fremder Schrift, kyrillisch, wie ich nun lernte, schön bedruckt mit einer Szene aus der russischen Hauptstadt, wunderbar bunte Briefmarken: „СССР. Москва. Радио" stand da in fremdartiger Schrift. Natürlich konnte ich das nicht lesen, weil ich bis dahin nichts oder nur wenig von der russischen Sprache wusste. Aufgeregt, voll Neugier und Spannung saß ich da, sollte aber zuerst meine Suppe essen, bevor sie kalt wurde – sagte meine Mutter. Natürlich konnte ich nicht so lange warten. Ich öffnete den Brief und hielt meine erste QSL-Karte in der Hand. Auf der Vorderseite eine gemalte Szene aus der sowjetischen Hautstadt Moskau, auf der Rückseite eine detaillierte Bestätigung meines „Empfangsberichts". Dazu ein freundliches Schreiben mit der Aufforderung, auch in Zukunft so häufig wie möglich die Sendungen zu hören und auch zu schreiben. Auch über musikalische Grüße im Wunschkonzert würde man sich sehr freuen. Das alles in deutscher Sprache. So kam es dazu, dass ich im Alter von 14 Jahren, ohne genau zu wissen, was das ist, einen Empfangsbericht verschickt hatte, der dann auch prompt zu meiner ersten QSL-Karte führte.

Mein erster Weltempfänger

In dieser Zeit begann ich auch damit, mir regelmäßig sogenannte DX-Sendungen anzuhören. Das waren Radioprogramme, in denen man u.a. erfuhr, dass es für den Fernempfang neben der Mittel- und der Langwelle auch eine Kurzwelle gab – mit der man sich anscheinend Sender aus noch weiter entfernten Regionen der Erde ins Haus holen konnte. Eines Tages las ich dann einen Artikel in unserer Heimatzeitung, der mich sehr aufwühlte: Dort wurde über ein Hobby mit dem Namen „DXen" berichtet: Ferne Länder im eigenen Zimmer, Ritt auf den Wellen der Welt, Briefkontakt und Brieffreundschaft mit allen Teilen der Erde. Ein Weltempfänger sei da nötig, ein Radio, mit dem man nicht nur UKW, Lang- und Mittelwelle empfangen konnte, sondern eben auch diese geheimnisvolle Kurzwelle. Und nicht nur das: Diese Kurzwelle bestand, wenn ich das richtig verstanden hatte, aus verschiedenen „Bändern". Was es damit genau auf sich hatte, wurde allerdings in diesem Zeitungsartikel noch nicht ganz verständlich erklärt.

Mehrere Artikel in der Zeitschrift „Gong", hilfreiche DX-Programme und auch ein paar Besuche bei einem nahegelegenen Radiofachgeschäft halfen mir, nach und nach zu verstehen, dass ich ganz dringend einen Weltempfänger brauchte. Ein Weltempfänger also – aber welchen? Von Grundig gab es damals ein Radio, das sich „Satellit 2000" nannte und das mir sehr gefiel. Aber leider zu einem Preis, der alles überstieg, was ich mir damals leisten konnte. Ganz ausgezeichnet fand ich auch den Touring Studio Doppelsuper von „ITT Schaub Lorenz": Nicht nur technisch, sondern auch optisch ein Genuss. Doch auch dieses

Gerät sollte mehr als 300,00 DM kosten. Geld, das ich mir damals als vierzehnjähriger Bube vom Land nicht einfach so aus dem Ärmel schütteln konnte.

Es war ein sonniger Frühsommer im Jahr 1974, als ich beschloss, mich zumindest vorübergehend selbstständig zu machen, um genug Geld für meinen „Touring" zu verdienen. Die Ferien hatten begonnen und was lag näher, als in den Wäldern die reifen, süßen Heidelbeeren zu sammeln und diese dann an die damals noch zahlreichen Konditoreien zu verkaufen. So machte ich mich täglich frühmorgens mit dem Fahrrad und mit leeren Körben und Eimern auf den Weg, fuhr am Vormittag mit der ganz frischen Ernte zu den Cafés und kehrte gegen Mittag mit für damalige Verhältnisse üppigem Taschengeld wieder nach Hause zurück. Das ging so mehrere Wochen lang – und tatsächlich hatte ich gegen Ende des Sommers genügend Geld beisammen, um mit stolz erhobenem Haupt dem Radiohändler zu verkünden, dass er meinen Traumempfänger für mich bestellen darf.

Das kleine Taschenradio habe ich nicht mehr. Allzu lange hat es leider nicht funktioniert. Das schöne Grundig-Dampfradio meines Vaters aber prunkt jetzt hier in meinem heutigen Radiozimmer – ebenso wie mein allererster Weltempfänger. Für den Empfang benutze ich heute zwar weitaus lieber meine stationären Kommunikationsempfänger mit drehbarer Dachantenne, aber es gibt auch immer wieder herrlich nostalgische Gefühle, wenn ich diese schönen alten Radios einschalte. Beide Geräte funktionieren noch heute ganz ausgezeichnet. Lediglich für den alten Grundig 3D-Klang musste ich ein neues „magisches Auge" kaufen und einbauen. Das war eine Röhre, die ich für teures Geld im Internet besorgen konnte. Vollkommen unbenutzt!

Und es ging los: Der Rundfunk, besonders aber mein neues Weltempfänger-Kofferradio waren für mich und mein Leben prägend: Es war nicht nur das große Tor in eine neue, spannende Welt der Information und Desinformation: Mit wachsender Begeisterung lauschte ich auch den Hörspielen und ganz besonders den Konzerten und Opernübertragungen, die mich ebenso wie der Kurzwellenrundfunk, bezauberten und mein Leben bereicherten. Die klassische Musik hat mich mit ihrer schier unerschöpflichen Vielfalt und Schönheit ergriffen, bewegt, bezaubert und bis heute nicht mehr losgelassen. Auch das war ein Resultat meines neuen Radiogeräts, mit dem ich vor allen an den Wochenenden abends „Österreich 1" einschaltete. Jede Woche eine neue Oper. Ö1 war ein Sender, den wir damals an einigen exponierten Stellen im Haus auf UKW empfangen konnten.

In jeder Ausgabe der bereits erwähnten Zeitschrift „Gong", von der ich mir immer die „abgelaufenen" Hefte bei einer Nachbarin abholen durfte, gab es eine Rubrik für Freunde des Fernempfangs, eine sogenannte DX-Ecke. Was es da alles zu Lesen gab: Schon allein die technischen Beiträge habe ich verschlungen. Noch aufregender waren aber die vielen DX-Empfangstipps, mit denen ich mich dann auf Wellenjagd begeben habe. Es war eine Reise um die Welt, die bis in die heutigen Tage hinein ihre Faszination nicht verloren hat. Es war wirklich verblüffend, was man da alles in deutscher oder englischer Sprache empfangen konnte - und es war kein Märchen: Radio HCJB aus Quito in Ecuador, Radio Peking, Radio Sofia, die BBC

London, Radio Canada International, Radio RSA aus dem süd-afrikanischen Johannesburg, Radio Japan. Sogar FR3 Radio Tahiti und auch Radio Neuseeland waren in den Sommermonaten häufig zu hören.

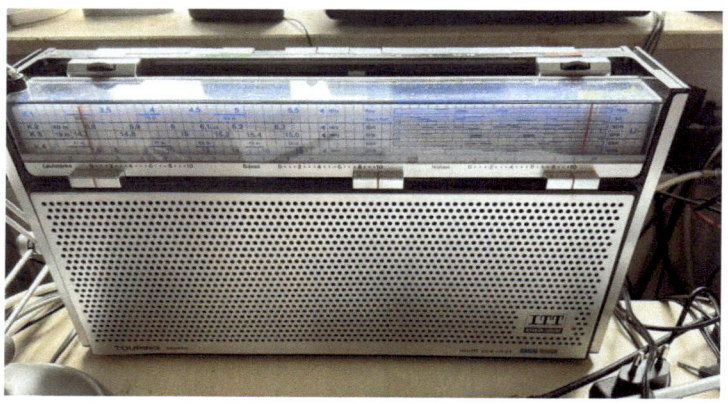

Mein erster Weltempfänger

Zum einen war es aufregend, immer wieder neue, noch nie gehörte Sender zu empfangen, andererseits konnte man auf diesem Weg sehr viel über die jeweiligen Länder erfahren, aus denen die Sender stammten. Tatsächlich waren es auch immer wieder die Beiträge über Land und Leute, die mir am besten gefielen. Ein ganz großer Teil der Staaten dieser Erde verfügte damals über einen eigenen internationalen Rundfunk und sehr viele Stationen hatten auch eine deutsche Redaktion. Ganz vorn mit dabei war damals das bereits mehrfach erwähnte „Radio Moskau". Selbst Länder wie Nigeria, Brasilien oder Japan unterhielten eine solchen „deutschen Dienst".

Briefe an die Sender

Für mein Taschengeld begann eine schwere Zeit. In der Zeit-schrift „Gong" fand ich einen Artikel, in dem beschrieben wurde, wie man einen korrekten Empfangsbericht so zu verfas-sen hat, dass man im Gegenzug von den angeschriebenen Sen-dern auch wirklich ein Antwortschreiben mit einer QSL-Karte und vielleicht sogar einem bunten Stationswimpel erhalten konnte. So begann eine Zeit, in der nicht mehr allein das Radio selbst im Mittelpunkt stand. Der schriftliche Austausch und die Hörer-Sender-Freundschaft nahmen ihren Anfang. Eine über-aus zeitintensive doch wundervolle Erfahrung, die bis heute noch immer mein Leben bereichert.

Geschenk aus Peking: Die Mao-Bibel

Es waren herrlich bunte Briefe mit oftmals geheimnisvollen Aufschriften und Zeichen. Schön und farbenprächtig waren auch die ungewöhnlichen Briefmarken, die da auf den

Briefumschlägen klebten. Hinzu kamen ganze Päckchen und Pakete, mit denen die Sender ihre Hörer überraschten. Bücher und Zeitschriften aus den jeweiligen Ländern, kleine, rote Mao-Bibeln, Schallplatten mit wunderbar fremden und exotischen Klängen, Briefmarkengeschenke und vieles mehr war da zu finden.

So war es sicherlich ein Teil der Aufgabe vieler Sender, Einfluss auf die Hörer auszuüben. Besonders die Bücher von Mao Tse Tung, die damals von Radio Peking in die Welt hinausgeschickt wurden, sind ein anschauliches Beispiel dafür. „Wir müssen die große sozialistische Kulturrevolution zu Ende führen", stand da auf dem Titelblatt einer Ausgabe der großformatigen Zeitung „China in Bild", mit der man seine Hörer ebenfalls beglückte. Auch die übergroßen, farbenfrohen Rollkalender, die Radio Peking Jahr für Jahr an die Hörer verschickte, enthielten teilweise solche Botschaften. Vieles habe ich in diesen Jugendtagen nicht vollständig verstanden und auch nichts von den unfassbaren Verbrechen gewusst, die sich hinter einem „großen Sprung nach vorn" oder der „Kulturrevolution" verbargen. Aber doch wurde schon damals das Interesse an diesen Ländern und der späteren Aufarbeitung vieler Themen geweckt.

Zum anderen wollten die Sender mit ihren Aufmerksamkeiten und Geschenken die Hörer an sich binden und auf diese Weise eine Stammhörerschaft um sich versammeln. Mit Umfragen, Wettbewerben, interaktiven Hitparaden und vielen anderen Aktionen entstand auf diese Weise eine wirklich lebendige Welt des internationalen Kurzwellenrundfunks.

„DX" hieß und heißt noch immer das zentrale Zauberwort. Das D steht für Distanz, das X für „unbekannt". Gemeint war damit, dass man zunächst einmal einen Sender hörte und nicht wusste, was man da hörte, was und woher gesendet wurde. Folglich nannte sich die Hörerschaft „DXer" und die Beschäftigung mit dem Abhören der internationalen Lang-, Mittel- und Kurzwelle selbst hieß DXen. Eine ganz eigene „Geheimsprache" wurde da entwickelt. Ganz zu schweigen vom Morsealphabet oder den geheimnisvollen, allgegenwärtigen Zahlensendern, von denen später noch die Rede sein wird. Mit „vy 73 und 55" verschickte man „liebe Grüße", der Empfänger war ein Tx, Störungen hießen QRM, ein männlicher Hörer war ein OM (old man), eine Hörerin hieß YL (young lady), Briefe flatterten in den QSB – und all das ist bis in die heutigen Tage hinein erhalten geblieben.

Es war eine ganz eigene Welt, die sich mir da im Laufe der Zeit auftat. Weiterhin gibt es bei den Auslandsdiensten, die heute noch zu hören sind, die sogenannte „Briefkastensendung". Dort wurden und werden Briefe der Hörer an die Sender vorgelesen und diskutiert, Hörerfragen beantwortet, Hörergrüße ausgetauscht und Hörerwünsche erfüllt. So konnte man erfahren, dass es eine recht umfangreiche „Gemeinde" gab, die sich regelmäßig um die Empfangsgeräte scharte und auch mit den Sendern korrespondierte. Im Laufe der Zeit fand ich zudem heraus, dass ich auch im näheren Umfeld nicht allein war mit meiner Begeisterung für das Radio. Auch in unserem kleinen Dorf befreundete ich mich mit „Radioamateuren", tauschte mich mit diesen aus und hatte große Freude daran, deren Empfänger auszuprobieren.

Auf dem Gymnasium im unteren Kinzigtal, das ich damals besuchte, gab es auch mehrere Lehrer, die sich mit dem internationalen Rundfunk gut auskannten. Einer davon, mein Mathematiklehrer, war ebenfalls begeisterter DXer. Im Zug saßen wir oft zusammen und er erzählte mir von seinen neuesten Entdeckungen auf der Kurzwelle. Dabei stellte sich heraus, dass sein Grundig-Weltempfänger eine weitaus bessere Empfangsleistung erbrachte, als mein „Touring". Zudem hatte er damals schon eine Zeitschrift mit dem Namen „Radio Kurier" abonniert, herausgegeben von einem Verein, den ich noch gar nicht kannte: Die ADDX (Assoziation deutschsprachiger DXer). Wenn er seine Ausgabe „ausgelesen" hatte, schenkte er mir diese. Die große, weite Welt des Rundfunks wurde immer weiter. Ich erfuhr von den Zusammenhängen zwischen der Sonne und der Empfangsqualität, dem Einfluss der Sonnenflecken, dem Wetter, den Jahreszeiten, den Hell-Dunkel-Phasen. Ich lernte, wie man Frequenzen in Wellenlängen umrechnete und umgekehrt.

Und dann erst die vielen schönen Reiseberichte und die Portraits der Sender und Radiomacher. So wurde auch der Keim für das große Fernweh und die Sehnsucht nach all dem vielen Neuen, Geheimnisvollen, Überwältigenden geweckt. Es ist sicherlich keine Übertreibung, zu behaupten, dass das Radio für mich der Schlüssel zum Tor in die Welt bedeutete. Akustisch wurden all die fernen Länder und Kulturen durch einen Rundfunkempfänger in unser kleines Schwarzwalddörfchen getragen. Dass aber sehr viel mehr möglich war, sollte sich noch zeigen.

Eine wichtige Quelle für Informationen aus der Radioszene waren auch die zahlreichen DX-Sendungen, die für die Hörer produziert wurden. Das waren Programme, in denen die neuesten Empfangstipps, Empfänger, Ausbreitungsbedingungen usw. besprochen wurden. Woche für Woche wurden solche Sendungen ausgestrahlt. Ein paar wenige haben sich bis in die heutigen Tage hinübergerettet, darunter die TWR-Sendung „Wavescan", von Adrian Peterson ins Leben gerufen. Peterson liebte, so wie ich, das Radio - und bis ins hohe Alter von 93 Jahren half er seinem Sender, die Hörerpost zu bearbeiten und Informationen an die Wavescan-Redaktion weiterzugeben.

Durch den Kontakt mit meinen DX-Freunden, dem Lehrer im Hausacher Gymnasium und die Beschäftigung mit dem Rundfunk blieb es zudem nicht aus, dass ich mein Geld sparte, um mir einen weiteren, sehr viel empfangsstärkeren Weltempfänger zu kaufen: Der Grundig Satellit 1400, der heute neben vielen anderen Geräten in meinem „Radiozimmer" zu finden ist, war zugleich mein erstes Radio, das neben der bekannten Skala auch mit einer digitalen Frequenzanzeige ausgestattet war. Wie einfach konnte man damit einen Sender finden, nach dem man zuvor noch mit viel Geduld und Fingerspitzengefühl suchen musste.

Das Hobby blieb gleich, die Technik erreichte neue Dimensionen. Auch die Zahl an QSL-Karten, Wimpeln, Geschenken, Büchern, Schallplatten – all das wurde immer mehr und mehr – und als ich in meine erste „Studentenbude" in Freiburg i.Br. umzog, waren die Radios und ihr „Drumherum" bereits ein erheblicher Teil meines Umzugs geworden.

Spionage, Geheimsender, Störsender

Die Jahre des Kalten Kriegs und des Eisernen Vorhangs waren nicht nur eine Zeit, in der es eine kaum überschauende Vielfalt an Sendern gab, aus denen die Hörer wählen konnten. Der Rundfunk war zugleich auch ein Spiegelbild der realen Welt. Während sich die feindlichen Blöcke mit Bomben, Raketen und Atomwaffen bedrohten, fand auch im Äther ein regelrechter Krieg statt. So ging man daran, „unliebsame" Stationen in einer Weise zu bekämpfen, dass ihre Signale die Hörer nicht oder nur ganz schwer verständlich erreichten. Dafür musste man durchaus aus dem Vollen schöpfen. Frequenzen, auf denen die Programme dieser „Störenfriede" ausgestrahlt wurden, belegte man mit Störsignalen. Das waren in der Regel Pfeifen Knattern, Heulen oder andere schreckliche Geräusche, die mit sehr hoher Sendeleistung die Frequenzen okkupierten, um die Gegner zu vernichten. „Jamming" nannte man das. Besonders stark gestört wurden Sender wie Radio Liberty und Radio Free Europe, die von der Regierung der USA dazu ins Leben gerufen worden waren, in Russisch und anderen Sprachen des Sowjetblocks Informationen aus deren Perspektive hinter den „Eisernen Vorhang" zu schicken. Das Ergebnis mag damals die Störer enttäuscht haben: Insbesondere im eigenen Land, wo die „Jammer" eigentlich ganz besonders wirksam sein sollten, waren häufig die Signale des unerwünschten Eindringlings weitaus besser zu empfangen, als die eigenen Störgeräusche. Das lag und liegt daran, dass insbesondere bei höheren Frequenzen oberhalb von 10.000 KHz die sogenannten Bodenwellen eher schwach waren und dass deshalb ein Sender erst ab einer bestimmten Entfernung überhaupt hörbar war. Zudem haben die gejammten Sender relativ rasch reagiert und sehr häufig die Frequenz gewechselt oder zusätzliche Frequenzen eingesetzt.

QSL-Karte von RFE / Radio Liberty von 1978

Eher harmlos war damals noch der Störsender, mit dem RIAS Berlin (R̲undfunk I̲m A̲merikanischen S̲ektor) auf der Mittelwelle bekämpft wurde. Man konnte den RIAS hier bei uns im Schwarzwald trotz Jamming problemlos empfangen, aber der Sender war permanent mit einem Heulton unterlegt. Hier im Westen richteten die Kurzwellen-Jammer häufig ganz erheblichen akustischen Schaden an – und das, obwohl sie gar nicht für uns bestimmt waren. Häufig waren die Störsender so stark, dass sie nicht nur die jeweiligen Frequenzen mit ihren Signalen verdeckten, sondern auch rechts und links davon die Nachbarfrequenzen störten.

Es gibt sie noch immer, die Jammer – obwohl der eiserne Vorhang längst gefallen ist. Allerdings sind es nur noch wenige Länder, die mit Störsendern versuchen, Andersdenkende mundtot zu machen: Derzeit finden sich solche Störer meines Wissens nur noch in Nordkorea und der Volksrepublik China. Insbesondere die Chinesen, die ja mittlerweile das Internet weitestgehend unter Kontrolle haben, versuchen mit ihren Signalen, Sendungen von Radio Free Asia oder vom „Sound of Hope", einer Sendergruppe der Falun Gong, unhörbar zu machen. Statt Störsignalen werden in der Regel besonders leistungsfähige Sender mit eigener Musik oder dem eigenen staatlichen Rundfunk eingesetzt, die dann die „Feinde" akustisch bekämpfen sollen. Doch auch heute noch stoßen diese Störenfriede an ihre Grenzen. Es gelingt den wesentlich kleineren Sendern der Falun Gong immer wieder, dem Netz der Jammer zu entschlüpfen. Bis hierher nach Mitteleuropa ist der „Sound of Hope" oft zu hören und in China, wo das Radio insbesondere bei der unterdrückten Opposition noch eine große Rolle spielt, kann man die Sendungen aus Taiwan oft ebenfalls ohne nennenswerte technische Probleme empfangen. „Wellen, die sich frei bewegen / kann man nicht in Ketten legen", heißt es in einem meiner Gedichte.

Die Geschichte der Spionage im Äther wäre unvollständig ohne von den sogenannten „Zahlensendern" zu erzählen. Insbesondere zwischen den offiziellen Rundfunkbändern oder an ihren Randbereichen waren sie zu finden. Häufig in deutscher Sprache wurden Zahlenkolonnen verlesen, nur Zahlen, nichts als Zahlen. Nach einem Verschlüsselungssystem wurden auf diese

Weise in aller Regel vom Westen Deutschlands oder von West-
berlin aus Informationen in den Osten transportiert. Es soll
auch in die andere Richtung Spionagesender gegeben haben –
aber das ist schwer nachzuweisen. In aller Regel hörte man diese
Sender in den Nachtstunden, weil dann die Übertragung einfa-
cher war. Mir ist auch nicht bekannt, ob die eingesetzten Codes,
die regelmäßig wechselten, jemals von der Gegenseite ent-
schlüsselt worden sind, oder nicht. Ich denke aber, wenn selbst
Enigma entzaubert werden konnte, dann kam es sicherlich auch
auf den Radiobändern zu dekryptierten Botschaften. Mittlerweile sind die Zahlensender aus dem Alltag verschwunden und
mir ist nicht bekannt, dass so ein Verfahren noch irgendwo auf
der Welt Einsatz findet. Die Technik ist weit fortgeschritten
und in aller Regel werden zur Übermittlung geheimer Botschaften heutzutage verschiedene Internetsysteme eingesetzt.

Propaganda von der Gegenseite

Die Antwort des Ostblocks auf Sendungen von Radio Liberty oder Radio Free Europe blieb nicht aus. Auch hinter dem Eisernen Vorhang setzte man Sender ein, die ganz bewusst Mittel der Propaganda benutzt haben, um die Hörerschaft auf der anderen Seite zu beeinflussen und auf ihre Weise zu „überzeugen". Ein interessantes Beispiel, das mir in Erinnerung geblieben ist, war der sowjetische Sender „Frieden und Fortschritt". Das war ein Sender, der versucht hat, die Parteilinie in konsumierbaren Rundfunksendungen nach Westen zu tragen. Der Sender präsentierte sich als „Stimme der sowjetischen öffentlichen Meinung". Seine offiziellen Autoren waren drei der sogenannten „kreativen Gewerkschaften der Sowjetunion", die Nachrichtenagentur Novosti , die Union der Gesellschaften für Freundschaft und kulturelle Beziehungen mit dem Ausland, das Komitee der Jugendorganisationen, das sowjetische Frauenkomitee u.a. In acht verschiedenen Sprachen war man präsent und in weiten Teilen der Welt problemlos zu empfangen.

Der Sender richtete sich vorwiegend an Hörer in der Dritten Welt, wurde aber generell auch in deutscher Sprache eingesetzt, um Meinungen zu verbreiten, die vordergründig von der Sowjetregierung und der KPdSU (Kommunistische Partei der Sowjetunion) nicht vertreten wurden. Da aber die Infrastruktur und die Sendeeinrichtungen von Radio Moskau mitbenutzt wurden, darf getrost davon ausgegangen werden, dass der Sender nicht nur geduldet, sondern durchaus als wichtiges Mittel zur Beeinflussung der anderen Seite eingesetzt worden ist. Zu den sogenannten „Clandestine"- oder Untergrundsendern gehörte der Sender „Frieden und Fortschritt" jedoch nicht, denn weder war sein Standort geheim, noch war es an irgendeiner Stelle der Erde verboten, ihn zu hören.

Der Sender Frieden und Fortschritt -QSL 1976

Es gab solche Sender auch in Ungarn und sicher auch in anderen Ländern. Mir ist aber „Frieden und Fortschritt" als ganz besonders plumpe und naive Form versuchter Gehirnwäsche in Erinnerung geblieben. Für mich persönlich waren die in Moskau produzierten und über DDR-Sender ausgestrahlten Sendungen wegweisend. Sie haben in mir Ressentiments gegenüber jeder Form von Einflussnahme geweckt. Wachsamkeit, so habe ich damals gelernt, ist von großer Bedeutung, wenn man mit der Welt der Medien konfrontiert wird. Noch immer versucht die Welt des Journalismus, bewusst oder unbewusst, die Menschen nach ihrem Gusto zu beeinflussen und zu lenken. Medien sind wichtig, so denke ich, um Informationen zu transportieren und zu streuen. Die Empfänger sollten aber auf gar keinen Fall jedes Wort für bare Münze nehmen. Stattdessen ist es wichtig, Informationen verschiedener Quellen zu vergleichen und zu lernen, zwischen den Zeilen zu lesen, zu sehen oder zu hören.

Religion und Glaube im Radio

„HCJB – Die Stimme der Anden" aus Quito im fernen Ecuador – das war mein erster Kontakt mit einem der vielen Missionssender dieser Welt. Insbesondere in den großen Tagen des Radiofernempfangs, die bis in die neunziger Jahre andauerten, verbreiteten sehr viele religiöse Gruppen in allerlei Sprachen ihren Glauben über den Rundfunk.

Wimpel der Stimme der Märtyrer 1976

Da waren religiöse, teils orthodoxe Sender wie Vox Fidei aus der Schweiz oder die Stimme der Märtyrer. Der Evangeliums-Rundfunk oder Family Radio, die den Schwerpunkt auf Predigten, religiöse Programme und auf ihren Glauben legten, waren nicht zu überhören. Sender wie Radio Vatikan wiederum boten ihren Hörern eine durchaus hörenswerte Mischung aus Nachrichten, Berichten aus der Kirchenwelt, Beiträgen über Glauben und das ewige Leben. Weit oben in der Beliebtheit bei den Hörern waren Sender wie Radio HCJB aus Ecuador oder Radio Veritas und die Far East Broadcasting Corporation FEBC auf den Philippinen. Das lag nicht nur an der Exotik und der großen Entfernung, sondern auch daran, dass diese Sender sehr viele interessante, landeskundliche Beiträge produzierten – und nicht zuletzt auch, weil ihre Redaktionen einen großen Wert auf eine enge und freundschaftliche Beziehung zu ihren Hörern legten: Bunte QSL-Karten und Wimpel, Briefmarkengeschenke, Broschüren, Bücher, Dias, Audiokassetten und vieles mehr fand sich da in den Briefkästen der Hörergemeinde. Einmal schickte mir FEBC aus Manila sogar einen schönen Weihnachtsstern aus Perlmutt.

QSL-Karte von Radio Vatikan von 1976

Ein paar wenige dieser Sender gibt es auch heute noch – in meist sehr eingeschränkter Form. Darunter finden sich die Sendungen von Trans World Radio, Adventist World Radio und auch ein stark geschrumpftes, auf sehr wenige Frequenzen reduziertes Angebot von Radio Vatikan. Dass die leistungsstarken Sender bei Santa Maria di Galeria in den vatikanischen Gärten

37

weitgehend brachliegen, ist eines der besonders traurigen Kapitel in der Geschichte des Rundfunks. War es doch Guglielmo Marconi selbst, der große Pionier des internationalen Rundfunks, der diesen Sender aufgebaut und am 12. Februar 1931 zur Einweihung an Papst Pius XI übergeben hatte. Immerhin gibt es nun im Vatikan ihm zu Ehren ein Museum. Bei „Vatikan News" heißt es: „Vor 150 Jahren wurde der Italiener Guglielmo Marconi geboren, der auch als Erfinder des Radios gilt. In Zusammenarbeit mit ihm entstand unter Papst Pius XI. auch Radio Vatikan - der Sender des Papstes. Marconi persönlich war damals in den vatikanischen Gärten für die ersten Experimente und weiteren Schritte. Das alles lässt sich im Radio Vatikan Radio Museum in den vatikanischen Gärten nachvollziehen, das an diesem Samstag nach einer Restaurierung wieder eröffnet wurde." Dazu sein Neffe Guglielmo Giovanelli Marconi, der bei der Wiedereröffnung mit dabei war: „Meine Familie war schon immer in guten Beziehungen zum Vatikan, denn meine Mutter, die Frau Marconis, kannte Kardinal Eugenio Maria Giuseppe Giovanni Pacelli, der damals noch Staatssekretär war und später Papst Pius XII. wurde. Aufgrund dieses Kontakts konnte mein Großvater auch Papst Pius XI. treffen, der ein großer Mann war und sehr offen für Forschung und Entwicklung. Er bat ihn, Radio Vatikan aufzubauen. Und so war mein Großvater von 1930 an für etwa ein Jahr im Vatikan. Und das war der Beginn des ersten Segens, der per Radio von einem Papst um die Welt ging an alle Christen am 12. Februar 1931. Es ist sehr wichtig, dass es eine Allianz gibt zwischen Fortschritt und Ethik, Wissenschaft und Glaube. Ich möchte auch daran erinnern, dass das Radio auch heute noch vielen Leuten hilft: Zum Beispiel, wenn es darum geht, auf See Menschenleben zu retten, etwa all jene, die vor Tragödien fliehen, Bürgerkriegen, Diktaturen. Marconi rettet durch das Radio immer noch tausende Leben."

FEBC - Far East Broadcasting Corporation. QSL-Karte von 1978

Präsent sind auf den internationalen Wellen zudem noch immer Extremprediger mit ihren endlosen Monologen, Warnungen vor dem unmittelbar bevorstehenden Ende aller Zeiten, oder der baldigen Wiederkunft des Erlösers. Ich kann nicht beurteilen, wie häufig diese Sender hierzulande gehört werden. Immerhin scheint es auf der Welt genügend Spender zu geben, von denen diese Sender und Sendungen weiterhin auch finanziell am Leben gehalten werden.

Von Holzflaschen und Wettbewerben

Zusammen mit den ersten QSL-Karten von Radio Budapest schickte mir Franziska Simon, die damalige Chefredakteurin der deutschsprachigen Redaktion, ein ganzes Päckchen mit Informationen über einen Hörerclub, an den ich mich anschließen könne. Die Aufnahmebedingungen waren einfach zu erfüllen: Anmeldung, ein paar Empfangsberichte – und fertig war die Mitgliedschaft. Nun galt es, monatlich einen Empfangsbericht zu schreiben, der dann im Gegenzug wieder mit einer schönen QSL-Karte quittiert wurde. Belohnt wurde die Mitgliedschaft zudem mit wundervoll großformatigen Jahres-QSL-Karten, einem Radiowimpel in den ungarischen Nationalfarben, hübsche, goldfarbene Aufklebebildchen und vieles mehr. Frau Simon moderierte zudem eine ganz besonders beliebte Hörerpostsendung mit dem Namen „Guten Abend aus Budapest", in der es hübsche Bücher und Radiosouvenirs zu gewinnen gab. Sie führte diese Sendung weiter, bis der deutsche Dienst im Jahr 2007 letztlich ganz eingestellt wurde.

Das war nur einer von vielen Hörerklubs, mit denen die Sender eine feste Hörergemeinde um sich scharten und auf diese Weise zusätzlichen Zuspruch suchten. In Gegensatz zu heute legten die Sender damals noch großes Gewicht darauf, gehört zu werden – ganz besonders die Stationen hinter dem Eisernen Vorhang.

Radio RSA, der internationale Rundfunk aus dem südafrikanischen Johannesburg war ein Sender, der seine Programme in den Abendstunden mit hoher Leistung und Richtstrahlern auch nach Europa übertrug – und problemlos zu hören war. Teil der Sendungen war es, ein positives Bild des Landes zu vermitteln und die bestehende Apartheid zu verteidigen. Eine besonders freundschaftliche, enge Beziehung zu den Hörern gehörte mit dazu. Radio RSA war und ist für mich ein ganz besonders anschauliches Beispiel für das Bestreben eines Landes, den Auslandsrundfunk zur Einflussnahme zu benutzen. Und trotzdem haben wir die Sendungen aus Johannesburg gern gehört.

Auch bei zahlreichen „westlichen" Stationen konnten wir Hörer uns um die Mitgliedschaft in einem Hörerklub bewerben oder auf vergleichbare Weise aktiv mitarbeiten. Mittlerweile haben die meisten Stationen sowohl ihre Hörerclubs, als auch den gesamten Sendebetrieb eingestellt. Das nachlassende Interesse am Rundfunk, die wachsende Bedeutung des Internets, die stark schrumpfende Nachfrage nach Inhalten und ausführlichen Informationen – all das sind sicherlich Gründe für viele Abschaltungen gewesen. Ein paar wenige Sender, darunter Radio France, haben heute noch einen weltweiten Hörerclub. Die beliebte Sendung „The Sound Kitchen" aus Paris ist jedoch nicht mehr auf den Kurzwellen, sondern nur noch im Internet zu hören.

Eine weitere Form der Hörerbindung war es, besonders aktive und häufig schreibende Hörer zu „Monitoren" zu ernennen. Monitore wurden für ihr fleißiges Mitwirken bei der Arbeit der Sender mindestens einmal pro Jahr mit kleinen bis größeren Geschenken belohnt. Das Spektrum der Geschenke war erstaunlich: Internationale Antwortscheine, landestypische Produkte und Volkskunst und sogar Geldüberweisungen gehörten zum Repertoire vieler Stationen. Im Gegenzug sollten die Monitore sowohl über den Empfang der Sender regelmäßig berichten, als auch den Inhalt der Sendungen kritisch bewerten, Ideen und Verbesserungsvorschläge einreichen oder auch persönliche Beiträge verfassen. Es gibt sie noch immer, die Monitore – wenn auch bei nur noch ganz wenigen Sendern wie Radio Taiwan International oder KBS World Radio aus dem südkoreanischen Seoul.

Viele Sender hatten ein Budget zu Verfügung, mit dem die Hörer zur Teilnahme an regelmäßig oder unregelmäßig wiederkehrenden Wettbewerben aufgefordert wurden. Dabei ging es immer darum, sich mit einem oder mehreren landestypischen Themen auseinanderzusetzen, Quizfragen zu beantworten, Meinungen zu formulieren, Bilder zu malen oder Aufsätze zu schreiben. Später kamen auch noch Video- und Audiobeträge hinzu. Und was es da alles zu gewinnen gab: Das fing mit ganz kleinen Andenken und Volkskunst an und reichte bis hin zu Geldgeschenken und großen Reisen in das jeweilige Radioland.

Holzflasche. Radio Sofia. Siebziger Jahre

In unserem Treppenhaus steht eine wunderschöne, handgeschnitzte und bemalte Holzflasche aus Bulgarien. Oben geschmückt mit einer Martenitza, dem rotweißen, mit Kordeln verzierten Frühlingsgruß der Bulgaren – das war mein erster großer Preis bei einem dieser Wettbewerbe. Nur einen kleinen Aufsatz musste ich dafür schreiben und bereits wenige Wochen danach erreichte mich ein Päckchen mit dieser Flasche, einem

Glückwunschschreiben und anderen hübschen Kleinigkeiten. Der Sportsgeist und die Freude am Schreiben, am Recherchieren, am Mitmachen waren geweckt. Es war eine Zeit, in der man nicht einfach, so wie heute, über das Internet Informationen abrufen konnte. Bücher, Zeitschriften und das Radio selbst standen im Mittelpunkt der Medienwelt jener Tage. Dabei war es wirklich praktisch, als Student immer auch Zugriff auf die Bestände der Universitätsbibliothek zu haben, bei der ich mir so manches Buch ausleihen konnte, um mein Interesse und meine Neugier zu befriedigen – und auch die Quizfragen zu beantworten, die nicht immer ganz banal waren. Ich musste dabei nach und nach auch lernen, die Spreu vom Weizen zu trennen. Mit Freude, ja Begeisterung hörte ich Radio, verstand aber auch, dass es die Aufgabe vieler Sender ist, die Standpunkte des eigenen Landes und der eigenen Regierung zu vertreten und zu verbreiten.

Während meiner Jahre als Student in der Breisgaumetropole Freiburg machte ich die Erfahrung, dass man nur bedingt und nicht zu jeder Zeit Lang-, Mittel- oder Kurzwelle hören konnte. Wenn viele Menschen auf relativ engem Raum zusammenleben mussten, passierte es immer wieder, dass der Zimmernachbar rechts oder links oder obendrüber ein störendes Gerät oder ein defektes Netzteil eingesteckt hatte und dass dann außer einem hässlichen statischen Brummen fast nichts mehr zu hören war. Oft habe ich mir damals meine Schwarzwälder Waldeinsamkeit zurückgewünscht. Doch auch daran gewöhnte man sich und ich lernte, damit zu leben und zu akzeptieren, dass das Radio das eine Mal gut funktionierte, das andere Mal eben nicht.

Viele schöne Gegenstände, spannende Bücher, Schallplatten, Kassetten und auch CDs erinnern mich noch heute an all die rege Korrespondenz, die Wettbewerbe und die zahllosen Stunden mit dem Radio: Erinnerungen, die mir bleiben – was immer auch einmal aus dem Kurzwellenradio werden sollte.

Piraten und freie Radios

Die Frühzeit des Piratenrundfunks liegt in den sechziger Jahren, also einer Zeit, als ich noch ganz klein war und mit dem Radio nicht viel anzufangen wusste. Die Geschichte der Radiopiraten ist so umfangreich, dass man ihr allein ein ganzes Buch widmen könnte.

Unter einem Piraten versteht man im Rundfunk einen Sender, der seine Programme ganz ohne offizielle Zulassung bzw. Lizenz ausstrahlt. Es ist natürlich auch so, dass die Zulassung eines Radiosenders immer auch eine Frage staatlicher Willkür und hoheitlicher Gesinnung ist. Damals wie auch noch heute gibt es für die Zulassung und die Lizenzvergabe kein weltweit ganz einheitliches Verfahren und jedes Land erteilt die Rechte mehr oder weniger nach seinen eigenen Regeln.

Die Sechziger Jahre des vergangenen Jahrhunderts waren ganz besonders bei der Jugend die Jahre der aufkommenden Pop-Kultur, der Beatles, der Rolling Stones, der langen Haare und des Protests der Jugend gegen die alteingesessenen Regeln der Erwachsenenwelt. Im Rundfunk der damaligen Zeit hingegen blieb zunächst alles beim Alten. Langatmige Wortprogramme, Schlagersendungen und Konzerte, mit denen die jungen Leute sich nicht mehr identifizieren konnten oder wollten. Das war in unserem Land so, das war in den Nachbarländern der Fall, ganz besonders aber im Vereinigten Königreich und in den Niederlanden. Dort regte sich der jugendliche Widerstand und man suchte nach Lösungen. Die Vergabe von Lizenzen an so etwas wie eine private Radiostation galt in jenen Tagen als undenkbar und sicherlich hätten sich die Widersprüche weiter aufgestaut, wenn nicht kluge junge Leute eine eigene Lösung gefunden hätten. Ihr Name: Fredericia.

Zwar gab es kein Land, das eine Lizenz vergeben wollte. Was aber, wenn man seine Sendungen gar nicht vom Festland aus abstrahlte? Die Idee, das Festland zu verlassen und vom Wasser aus auf Sendung zu gehen, stammte tatsächlich gar nicht von den jungen Leuten selbst, sondern von der „Voice of America", die damals teilweise von See aus sendete und dadurch Restriktionen umging. Zu beachten war die jeweilige Dreimeilenzone, die man nicht betreten durfte.

Der Musikproduzent Ronan O'Rahilly biss mit seiner Musik sowohl bei der BBC in London als auch bei Radio Luxemburg auf Granit. Deshalb beschloss er, von der See aus zu senden. Auf der Fredericia befand sich ein Mittelwellensender mit 10 kW Leistung, der auf der Frequenz 1520 kHz (197,3 Meter) betrieben wurde. Der 28. März 1964, ein Karsamstag, war der Tag, der Geburt von Radio Caroline. Es war zugleich der Tag der Geburt des Piratenrundfunks in Europa. Caroline, so hieß John F. Kennedys Tochter. Auf einem Foto sah O'Rahilly, wie das Mädchen ihren Vater bei der Arbeit störte – und so war auch der Name des Senders geboren. „This is Radio Caroline on 199, your all day music station!", das waren die ersten Worte. Das erste gespielte Lied war „Not Fade Away" von den Rolling Stones. Zur Erkennungsmelodie wurde der von den Fortunes am 1. Januar 1964 herausgebrachte und von Shel Talmy produzierte Titel Caroline erkoren.

Auf einen Schlag hatte sich so die Musikszene jener Tage einen Weg gebahnt. Er sollte nicht ohne Folgen bleiben - auch für die offiziellen Sender. RTL änderte sein Gesicht, verwandelte sich in ein Radio für junge Leute, übertrug tagsüber Popmusik und flotte Sprüche für die deutsche Jugend – und in der Nacht wurde auf der Mittelwelle ein Musikprogramm mit der ganzen Palette englischer Hits nach Großbritannien ausgestrahlt – in Englisch. Die BBC folgte mit Radio 1 und auch in den Nachbarländern gab es kein Halten mehr: In Deutschland kam der

Pop Shop. Bayern 3 und Österreich 3 nahmen ihren Dienst auf und brachten nun Radio nach dem Geschmack der Jugend. In dem Film „The Rock Revolution" wird die ganze Geschichte von Radio Caroline auf humoristische Weise in Szene gesetzt.

Die Idee, von einem Schiff aus zu senden, wurde später auch von der Voice of Peace aufgegriffen: Ein Piratensender, der sich mit dem Slogan „From somewhere in the Mediterranean, we are the Voice of Peace" für die Versöhnung von Arabern und Israelis eingesetzt hat. Die Voice of Peace wurde 1973 von Abie Nathan gegründet und von dem in Panama registrierten Schiff „Peace" aus betrieben. Es ankerte außerhalb der Drei-Meilen-Zone vor Tel Aviv. Durch die damalige Aussöhnung zwischen Israel und PLO hatte sich das Thema scheinbar erledigt, die Werbeeinnahmen und Sponsorengelder blieben mehr und mehr aus. So fand die Voice of Peace ihr Ende und das Schiff wurde versenkt.

Piratenrundfunk, das waren natürlich nicht nur Radio Caroline oder die Voice of Peace. Auch vom europäischen Festland aus gab es immer mehr Radiomacher, die oft mit selbstgebastelter Ausrüstung und mit viel Begeisterung auf Sendung gingen. Viele von Ihnen wurden von den Behörden „erwischt und trockengelegt". Die Strafen für das illegale Senden waren und sind noch immer hoch – ganz besonders hier bei uns in Deutschland. Trotzdem ließen und lassen sich echte Radioenthusiasten nicht abschrecken. Meist an den Wochenenden waren sie aktiv – in aller Regel am Rand des beliebten 49-m-Bandes, mittlerweile auch immer häufiger innerhalb der offiziellen Bänder.

Insbesondere in den Niederlanden kann man sich nun auch mit einem eigenen Sender lizensieren – in aller Regel ist das ein Sender mit relativ niedriger Sendeleistung. Gegen einen jährlich zu zahlenden Betrag erhält man die Erlaubnis, solch einen Kleinsender (LPAM) auf der Mittel- oder Kurzwelle zu betreiben und

„on air" zu gehen. Hier in Deutschland ist es nicht ganz einfach, aber doch nicht vollständig unmöglich: So senden beispielsweise vollkommen legal die Museumssender in Cham und Wertingen mit je einem, Radio Eule vom deutschen Museum in München mit 10 Watt auf den Mittelwellen. Auch der große Klassiker auf dem Funkerberg in Königs Wusterhausen ist mit geringer Sendeleistung stundenweise auf Sendung. Auf der Kurzwelle sind mehrere Frequenzen aktiv. Radio Casanova oder Radio Delta International senden mit Kleinsendern und Lizenz aus den Niederlanden und Stig Hartvig Nielsen sendet mit großem Engagement und mit Begeisterung mit Kleinsendern und gut positionierten Antennen aus Kopenhagen. Seine beiden Sender „Radio 208" und „World Music Radio" sind regelmäßig auf der Mittel- und der Kurzwelle zu hören. Freies Radio für freie Menschen: Während immer mehr starke Sender ihren Dienst quittiert haben, sind es solchen relativ „kleinen" Stationen, mit denen die Rundfunkbänder nun belebt werden.

Mit meiner damaligen Ausrüstung war der Empfang von Piratensendern zwar möglich, aber nicht immer ganz einfach. Trotzdem saß ich an den Wochenenden fast immer an meinem Radio und habe meine Ohren gespitzt. Mal mit Erfolg, mal auch nicht. Ein ganz großer Teil dieser Stationen ist leider mittlerweile aus dem Äther verschwunden. Das ist verständlich, denn erwischt zu werden ist teuer. Es ist nicht nur so, dass die Sendeanlage beschlagnahmt wird. Die Strafen für unlizenziertes Senden bewegen sich normalerweise im vierstelligen Eurobereich.

So war beispielsweise Charleston Radio International für lange Zeit auf Frequenzen aktiv, auf denen man niemanden störte. Er zählte zu meinen Lieblingssendern. Weil aber keine Sendelizenz vorhanden war, wurde der Betreiber „erwischt", der Sender wurde „sichergestellt" und die Strafe war hoch. Schade ist es um den Sender. Ich habe die schöne Charleston-Musik und die

Filmclips aus dem frühen 20. Jahrhundert sehr gemocht und bestimmt bin ich nicht der einzige Radiohörer, der den Sender sehr vermisst.

Piraten-QSL von 2003

Viele andere Betreiber haben dieses Schicksal geteilt. Neben dem oft recht hohen Alter der Betreiber ist das mit ein Grund dafür, dass es in unserem Land kaum noch Radiopiraten gibt.

Piratensender und freies Radio gibt es allerdings noch immer. Sehr viele kommen aus den Niederlanden, Irland, dem Vereinigten Königreich, Griechenland oder auch Osteuropa. Viele von Ihnen hört man europaweit in den Nachtstunden am Rand des Mittelwellenbands oberhalb von 1602 KHz, aber auch am Rand des 49-Meter-Bands sind sie weiterhin aktiv.

48

Funkdienste

Ganze Bücher könnte man über die Funkdienste schreiben, über die jeder Kurzwellenhörer früher oder später einmal stolpert. Da gibt es eine ganze Reihe von Geräuschen, die man auf der Kurzwelle hören und die man anfangs weder verstehen noch gar zuordnen kann. Ein Buch für Radioexperten soll dies aber nicht werden, weshalb solche „Dienste" nicht in ihrer Vollständigkeit beschrieben werden können.

Piepsen, Summen und Knattern - auf allen möglichen Frequenzen sind beim Reiten auf den kurzen Wellen Töne und Geräusche zu hören, die teils durch sogenannte atmosphärische Störungen wie beispielsweise durch ein Gewitter verursacht sind, zu einem großen Teil aber von sogenannten Funkdiensten erzeugt werden.

Viele von diesen Diensten kann man mit Zusatzprogrammen hörbar, teils auch sichtbar machen. Mittlerweile bieten sich hierzu ganz besonders die recht weit verbreiten SDR-Radios an. Das sind winzig kleine Geräte, mit denen man in aller Regel den gesamten Frequenzbereich von 1 KHz bis hinauf zu den Satellitenfrequenzen empfangen kann. Auf der einen Seite wird so ein kleines „Radio" mit einer Antenne, auf der anderen Seite mit einem Computer verbunden. Softwaregesteuert lassen sich damit nicht nur die ganzen herkömmlichen Radiosender empfangen. Sogenannte „AddOns", die sich zusätzlich installieren lassen, dienen der Entschlüsselung verschiedener Dienste, die mit einem herkömmlichen Rundfunkempfänger eben nur als das oben beschriebene Pfeifen und Knattern wahrgenommen werden können. Auch der digitale Rundfunk DAB (Digital Audio Broadcasting) und DRM (Digital Radio Mondial) lassen sich auf diese Weise hörbar machen. Keine Decoder brauchen die Zeitzeichensender, die unverschlüsselt Sekundenimpulse für die

Funkuhren übertragen. Solche Stationen gibt es in vielen Ländern der Erde. Einige von ihnen, darunter CHU aus Ontario, RWM aus Moskau oder WWVH aus Hawaii, verschicken auch schöne QSL-Karten an die Hörer in aller Welt.

In aller Kürze sollen an dieser Stelle nur ein paar der wichtigsten Funkdienste erklärt werden:

CW

CW steht für „continous wave". Es handelt sich dabei um Telegrafie im eigentlichen Sinne - also der Übertragung von Zeichen mithilfe des Morsealphabets. Morsekode ist ein Code zur telegrafischen Übermittlung von Buchstaben, Ziffern und weiterer Zeichen, der als Tonsignal, als Funksignal, als elektrischer Puls mit einer Morsetaste übertragen wird. Noch immer wird Morsetelegrafie von Funkamateuren, Presseagenturen und auch dem Militär verwendet. Je nachdem, wer der Sender ist, werden die Zeichen von Hand mit einer Morsetaste eingegeben, oft aber auch mechanisch oder mit einem Computer erzeugt. Geübte Funker sind in der Lage, Morsezeichen mit den Ohren zu hören und direkt in Buchstabencode umzusetzen. Mittlerweile stehen hierfür auch zahlreiche Computerprogramme und Add-dOns zur Verfügung, die solch eine nicht ganz einfache Aufgabe für die Radiohörer übernehmen.

Fax, HF-Fax, Telefax

Telefax gibt es auf der Kurzwelle schon sehr lang. Für die Presse war diese Technik früher von großer Bedeutung. Mittlerweile stehen in Zeiten des Internets leistungsfähigere Werkzeuge zur Verfügung. Bei Wetterdiensten ist die Fax-Technik jedoch noch weit verbreitet im Einsatz, nicht zuletzt zur Übertragung von Wetterkarten für die Seegebiete. Wetterfax - oder HF-FAX, wie es genauer heißt - ist eine digitale Betriebsart, bei der eine Bildinformation übertragen wird. In der gewohnten AM-Funktion des Kurzwellenempfängers kann man Fax-Sender in Form eines Kratzgeräuschs wahrnehmen. Mit dafür vorgesehenen Computerprogrammen kann man solche Signale dekodieren und den zeilenweisen Aufbau der Wetterkarten beobachten.

PSK-31 und PSK-63

PSK-31 steht für „Phase Shift Keying, 31 Baud". Dabei handelt es sich um eine besonders schmalbandige digitale Übertragungsart, die überwiegend auf Kurzwelle von Funkamateuren genutzt wird. Die Bandbreite eines PSK-31-Signals ist mit 31,25 Hz sehr niedrig, was den Modus für Aussendungen mit relativ kleiner Leistung erlaubt. PSK-63 steht für „Phase Shift Keying, 63 Baud". Es ist dem Verfahren PSK-31 sehr ähnlich. Auch dieses Protokoll kommt vorwiegend im Amateurfunk zum Einsatz. Im Vergleich zu PSK-31 hat es die doppelte Baudrate und ist damit also doppelt so schnell, benötigt aber auch die doppelte Bandbreite.

RTTY

RTTY steht für „Radio Teletype". Es ist das klassische Fernschreiben in engerem Sinne, wie es Jahrzehnte lang auf der Kurzwelle zu hören war. Je nach Bandbreite beträgt die Übertragungsgeschwindigkeit 10 bis 1000 Baud. Typische Werte sind 45, 50, 75, 100 und 200 Baud. Zur Übertragung wird beim Sender der Bitstrom „aufmoduliert" und beim Empfänger entsprechend wieder demoduliert. Wenn in einer Übermittlungspause der Sender nicht abgeschaltet werden soll, wird oft eine Textschlaufe mit „RYRYRY..." gesendet.

SSTV

Slow Scan Television, auch Schmalband-Fernsehen genannt, ist eine analoge Betriebsart aus der Amateurfunkwelt, mit der zeilenweise mit vergleichsweise geringer Geschwindigkeit Standbilder gesendet werden können. Die Funker übertragen mit dieser Technik Fotos oder auch QSL-Karten über die Kurzwelle. Mit einer SSTV-Software, die es beispielsweise auch für die SDR-Radios gibt, kann man solche Bilder sichtbar machen. Benötigt wird zum Senden eigentlich nur eine Video-Kamera und ein Speicherkonverter oder ein entsprechendes PC-Programm, das die Videosignale akustische umwandelt - und beim Empfänger das Gegenstück.

NAVTEX

„Navigational Information over Telex" ist ein internationaler Dienst zur Verbreitung nautischer und meteorologischer Warnnachrichten. Diese werden weltweit auf gleicher Frequenz zu verschiedenen Sendezeiten verbreitet. Es werden auch Seewettervorhersagen, Seenotmeldungen und im Winter Eisberichte ausgestrahlt. Die deutschen NAXTEX-Sendungen werden über die Frequenz 490 KHz, die englischsprachigen über 518 KHz übertragen. So sendet NAVTEX Pinneberg für deutsche Hoheitsgewässer der Nordsee Warnnachrichten und Wettervorhersagen auf 518 kHz in englischer Sprache. Für die deutschen Ostseegebiete sendet NAVTEX Schweden die Warnnachrichten. Auch viele NAVTEX-Dienste anderer Länder sind auf diesen beiden Frequenzen aktiv.

Freundschaft

Durch den regelmäßigen Austausch der Hörer mit den Radiosendern entstehen häufig engere Bekanntschaften und auch Freundschaften – bisweilen für das ganze Leben.

Radio Taschkent International war eine der Radiostationen, die viele Jahre lang Sendungen in deutscher Sprache ausstrahlten, die mit einem Kurzwellenradio hier bei uns ohne Probleme zu empfangen waren. Und was es da alles zu hören gab: Berichte und Geschichten über Land und Leute im fernen Usbekistan, Klänge und Musik, die sonst nie meine Ohren erreicht hätte, Beschreibungen der Landschaft, der Traditionen, der Kunst. Erzählungen aus Vergangenheit und Gegenwart des Landes.

Der Kontakt des Senders mit seinen Hörern war immer ganz besonders freundschaftlich. Hörerpost wurde stets persönlich beantwortet. Es gab schöne QSL-Karten, Wimpel, Briefe, Ansichtskarten. Bei einem der zahlreichen Wettbewerbe des Senders habe ich sogar einen großen, schweren Bildband über die faszinierende usbekische Tradition der Metallbearbeitung und Metallkunst gewonnen.

So entstand im Laufe der Jahre eine wirkliche Freundschaft, die dazu geführt hat, dass eine russischstämmige Sprecherin der deutschen Redaktion von Radio Taschkent International einer Einladung zu uns nach Hause gefolgt ist. Ein ganzes Jahr lang hat sie bei uns im Haus gelebt, hat hier studiert, die Menschen und unsere Heimat kennengelernt und auch ihre deutschen Sprachkenntnisse weiter vertieft. Auch mein Russisch hat sich verbessert – wenn auch leider nicht ganz so sehr, wie ich gehofft hatte. Russisch ist nunmal nicht ganz leicht zu erlernen. Aus einer schönen Radiobekanntschaft entstand auf diese Weise eine enge Freundschaft für das ganze Leben.

Marina ist längst wieder in ihre Heimat zurückgekehrt. Die deutschsprachigen Sendungen aus Taschkent gibt es nicht mehr und sie selbst hat mittlerweile eine andere Arbeit gefunden. Die Freundschaft mit ihr und ihrem Land ist aber geblieben. Durch ihre neue Arbeit bei einer deutschen Firma in der usbekischen Hauptstadt ergeben sich für sie auch jetzt noch immer wieder Gelegenheiten, geschäftlich nach Deutschland zu reisen und uns zu dann zu sehen. Sehr schön war zudem, dass sie einmal auch ihre Mutter mitbringen konnte. Das waren unvergessliche Tage, die es ohne meine Liebe zum Radio ganz sicher nicht gegeben hätte.

Aus dieser Freundschaft heraus entstand dann auch unser Plan, selbst einmal das Land an der Seidenstraße zu erleben und bei dieser Gelegenheit Marina und deren Mutter zu besuchen. Während dieser Reise konnten wir dann zusammen mit unserer Freundin die vielen Attraktionen der Metropole in Zentralasien bis hinauf zum atemberaubend schönen Tscharwak-Stausee kennenlernen. Unvergesslich sind auch der usbekische Plov (Pilaw) und die Köstlichkeiten der russischen Küche, mit der wir bei ihr daheim verwöhnt worden sind.

Die nachfolgende Reise, die uns über Chiwa, Buchara, Shahrisabs und Samarkand bis hinüber ins geheimnisvolle Fergana-Tal geführt hat, habe ich in meinem Buch „Usbekistan – Geheimnisvolles Land an der Seidenstraße" beschrieben.

DX-Camps und Hörertreffen

Kurzwellenhörer haben nicht nur eine wesentlich engere Beziehung zu den Sendern, mit denen sie oft regelmäßigen Austausch per Post und E-Mail pflegen. Auch gegenseitig kennen sich viele Radiofreunde persönlich. Zum einen liegt das an den Hörerpostsendungen der internationalen Radiostationen, in denen meist wöchentlich aus den eingegangenen Briefen vorgelesen wird. Auch Fragen zu Land und Leuten werden in diesen Sendungen beantwortet und es gibt viele Möglichkeiten, sich auf diesem Weg mit den Sendern austauschen kann.

Viele Hörer kennen sich auch persönlich, weil sie regelmäßig an Hörertreffen oder an sogenannten DX-Camps teilnehmen, bei denen nicht nur Hörer, sondern vielfach auch Mitarbeiter der Rundfunkstationen teilnehmen.

Auch heute finden noch solche Veranstaltungen statt, darunter die Hörertreffen der Klubs von Radio Taiwan International in Berlin und im badischen Ottenau, die Hörertreffen des KBS-World-Hörerklubs Berlin oder neuerdings auch die jährlichen Treffen von SM Radio Dessau.

Berühmt waren die DX-Camps, zu denen man sich regelmäßig im saarländischen Merchweiler traf. Ein ganzes verlängertes Wochenende lang saß man zusammen, tauschte sich aus, hörte Radio, probierte die dort aufgebauten Empfangsanlagen aus oder nutzte die Chance, persönlich mit den Mitarbeitern verschiedener Radiostationen zu sprechen. Was es da alles zu erleben gab, erzählt dieses Stimmungsbild aus dem Jahr 2003:

„Als ich am Samstag, dem 26. Juli mittags gegen 13.00 Uhr auf dem Campgelände ankam, herrschte bereits ein sehr reges Treiben. Fast 100 DXer, Kurzwellenhörer und Radioenthusiasten waren schon erschienen und in angeregte Gespräche vertieft. Um einen schönen, großen Antennenpark herum waren viele Zelte und Gartenpavillons aufgebaut. In diesen konnte man Kurzwelle hören, Satelliten-TV oder Wettersatellitenbilder ansehen oder einfach nur hinzusitzen und mit seinem Gegenüber plaudern. Peter Hell und dessen Frau Ilse, die das Treffen organisiert hatten, waren rührend um die Gäste besorgt. Es wurden Würstchen und Steaks gegrillt, gekühlte Getränke gab es ebenso, wie Kaffee und Kuchen. Schade war, dass der Vortrag von Dorothea und Rüdiger Klaue von Radio HCJB aus Quito, Ecuador schon vor unserer Ankunft zu Ende gegangen war. Da wäre ich sehr gerne dabei gewesen.

Merchweiler 2003 – Die Radiomacher mit Peter Hell in der Mitte

Das Hörertreffen mit Radio Taiwan International war für 15:00 Uhr geplant, so dass noch genug Zeit war, Bekannte zu begrüßen bzw. neue Bekanntschaften zu knüpfen. Für mich traf eher das Letztere zu. Da ich zum ersten Mal auf einem DX-Camp war, kannte ich nur sehr wenige der dort anwesenden Leute persönlich. Durch das gemeinsame Hobby kam man jedoch rasch mit den Menschen ins Gespräch. Die nette, lockere und freundschaftliche Atmosphäre brachte es mit sich, dass ich mich von Anfang an gefühlt habe, als sei ich ganz selbstverständlich Teil einer großen Familie.

Für das Hörertreffen von Radio Taiwan International waren die Leiterin der deutschen Redaktion, Chiu Bihui zusammen mit dem freien Mitarbeiter Martin Krainz und dessen Lebensgefährtin angereist. Fast 80 Personen hatten sich zu diesem und den noch folgenden Treffen in und um den großen Gartenpavillon versammelt. Chiu Bihui begrüßte die Anwesenden und präsentierte dann zusammen mit Martin Krainz eine Dia-Reihe mit Bildern der Redaktionsmitglieder, der Studios und der Büroräume von Radio Taiwan International. Darauf folgte ein Diavortrag mit Bildern aus Taiwan und zum Abschluss war noch genug Zeit für Fragen und Diskussionen. Es gab Radio-Souvenirs wie Wimpel, Sticker und was sonst noch alles die Herzen der Kurzwellenhörer höherschlagen lässt. Besonders gerne denke ich an die leckeren, mit Ananas gefüllten Törtchen zurück, die zum Schluss gereicht wurden: Mondkuchen, auf Chinesisch yuèbǐng (月餅) sind kleine, oft liebevoll geformte kleine Kuchen, süß oder deftig, die man in China und Taiwan zur Feier der Mondfestes bäckt oder kauft. Mittlerweile sind sie auch zu einem beliebten Exportartikel geworden.

Beim anschließenden Treffen mit Radio Slowakei International stellte Sofia Miklovitch von der Deutschen Redaktion sich und Ihren Sender vor, präsentierte das neue Maskottchen von Slowakradio und stellte sich dann Hörerfragen. Es ging um

Sendeinhalte ebenso, wie um Fragen der Hörerbetreuung. Sofia gelang es, mit ihrer ruhigen und freundlichen Art, auch kritische Fragen zu aller Zufriedenheit zu beantworten.

Zwischenzeitlich hatten sich der Bürgermeister von Merchweiler und die örtliche Presse eingefunden. Nach einer Ansprache und der Übergabe von Urkunden & Geschenken, versammelten sich die Vertreter sämtlicher Rundfunkstationen zum gemeinsamen Fototermin.

Den Abschluss der Hörertreffen bildete dann die deutsche Redaktion von Radio China International, zu ihr Chefredakteur Sun Jingli und dessen Mitarbeiterinnen Dou Xiaowen und Chen Yiufen, die Verantwortliche für die Hörerbetreuung, gekommen waren. Überraschend war Sun Jinglis Ankündigung, dass die Sendezeit für die deutschen Programme verdoppelt werden solle. Bedenkt man, dass im Bereich des internationalen Rundfunks immer häufiger von Kürzungen und Schließungen die Rede ist, dann ist solch eine Entscheidung des chinesischen Rundfunks in der Tat verblüffend.

Neben vielfältigen Fragen, Diskussionen und Gesprächen wurden auch bei diesem DX-Treffen die Geschenke nicht vergessen. Neben Wimpeln, Stickern und anderen Radiosouvenirs erhielt jeder Teilnehmer des Hörertreffens eine Musik-CD mit traditioneller chinesischer Musik

Der folgende Tag galt den persönlichen Kontakten und Gesprächen. Da auch viele Leute aus der Piraten- und Free-Radio-Szene gekommen waren, die ich vorher nur durch Ihre Sendungen und von Briefen oder Telefonaten her gekannt hatte, war jede Menge Gesprächsstoff gegeben. Neben all den offiziellen Radiomenschen bietet das DX-Camp von Merchweiler der Piratenradioszene eine beeindruckende Plattform. Gleich am

Eingang hängt eine große Piratenflagge und auch dahinter hängen zahlreiche weitere kleine Piratenfähnchen. Die Liebe dieser Menschen zum Radio ist nicht zu übersehen – es ist die Leidenschaft, die Begeisterung für die Technik und die Möglichkeit, mit geringem Aufwand und oft selbst gebastelter Ausrüstung zumindest überall in Europa gehört zu werden. Eine „offizielle" Sendung der Free-Radio-Amateure gehört ebenso zu so einem DX-Camp, wie das gegenseitige Kennenlernen und Treffen mit den Radioverrückten dieser Welt.

Das Jubiläums-DX-Camp in Merchweiler 2003 war trotz etwas regnerischem Wetter ein unvergessliches Erlebnis - ein Ereignis voll schöner Begegnungen, guter Gespräche und fröhlichem Beisammensein. Die Veranstalter, besonders Peter Hell und seine Frau Ilse, haben mit viel Arbeit und Herzblut für ein gelungenes Wochenende gesorgt."

Und so klang dann es im Sommer 2006:

„Zum 32. Mal trafen sich vom 21. bis 23. Juli 2006 im saarländischen Merchweiler zahlreiche Radiohörer, DXer, Wellenjäger und Freunde des internationalen Rundfunkfernempfangs zu Deutschlands bekanntestem und größtem DX-Camp. Nahezu jährlich versammelt man sich an diesem Ort, um an verschiedenen Hörertreffen teilzunehmen, sich über Aktuelles aus der Radioszene zu informieren, Neuigkeiten zu diskutieren, alte Freunde wiederzusehen und neue Bekanntschaften zu knüpfen.

Bei strahlendem Sonnenschein und Temperaturen um die 33°C herrschten beste Bedingungen für ein Gelingen der weitgehend im Freien und in Zelten stattfindenden Veranstaltung. Einige Teilnehmer waren schon am Vortag angereist, um die Camp-Atmosphäre etwas länger genießen zu können. Wer lieber nicht zelten wollte, der konnte, wie ich, in einem der nahegelegenen Hotels kostengünstig übernachten.

Nach meiner Ankunft und einer kurzen Erfrischung holte mich Peter Hell, der Organisator und Leiter der Veranstaltung im Hotel ab und fuhr mit mir direkt zum Camp. Ich freute mich sehr, so viele Bekannte und Freunde wieder zu treffen, die ich schon lange nicht mehr gesehen hatte. Während die etwa 150 Besucher nach und nach auf dem DX-Camp eintrafen, etwas weniger als in den zurückliegenden Jahren, boten sich erste Gelegenheiten zu netten Plaudereien oder auch angeregten Gesprächen.

Vertreter der Free-Radio-Szene und deren Freunde, die ebenfalls gekommen waren, verliehen dem Treffen wieder eine zusätzliche Farbnote und unterstrichen dessen Vielfalt und breit gefächertes Spektrum. Wo sonst haben Radiohörer die Möglichkeit, sich direkt mit Radio-Piraten zu unterhalten und hinter die Kulissen dieses ungewöhnlichen, nicht ganz ungefährlichen Hobbies zu blicken.

Für das leibliche Wohl war ebenfalls bestens gesorgt: Gegrilltes, Salate, Erfrischungsgetränke sowie Kaffee, Tee und Kuchen ließen kaum Wünsche offen.

Zahlreiche Attraktionen rund um das Kurzwellenhobby bildeten, wie schon in früheren Jahren, wieder den Rahmen: Empfängerausstellung, digitaler- und analoger Radio- und TV- Satellitenempfang, DAB, Wettermeldungen per Funk und Computer sowie METEOSAT-Direktempfang. Auch eine umfangreiche Ausstellung historischer und aktueller QSL-Karten, Wimpel und Diplome durfte nicht fehlen. Internationale Rundfunkstationen, die nicht direkt an dem DX-Camp teilnehmen konnten, darunter die Stimme der Türkei, Radio Vatikan, Radio Prag oder

Radio Polonia, stellten Sendepläne, Sticker und anderes Informationsmaterial zur Verfügung, das die Besucher im „Informationszelt" einsehen und auch mitnehmen konnten.

Radio HCJB, die Stimme der Anden aus Quito, Ecuador, eröffnete auch in diesem Sommer wieder den Reigen der vier Hörertreffen, die alle im Verlauf des Samstags stattfinden sollten. Horst Rosiak berichtete von den Ereignissen des zurück liegenden Jahres und stellte die Arbeit der religiös motivierten Station aus Südamerika vor, die auch hier in Mitteleuropa ohne größeren Aufwand gehört werden kann. Ebenso wie viele andere Kurzwellensender hat auch Radio HCJB ständig mit finanziellen Engpässen zu kämpfen. Obwohl eine ganze Reihe von Sendediensten, darunter auch Englisch, bereits eingestellt worden sind, blickte Horst Rosiak in Bezug auf die deutschsprachigen Programme recht optimistisch in die Zukunft. Die effiziente Arbeit der Redaktion, die gute Erreichbarkeit der Zielgruppen und nicht zuletzt die große und positive Resonanz der deutschen Hörerschaft dürften wesentlich zu dieser guten Entwicklung beigetragen haben. Am Rande des Treffens hatten die Besucher die Möglichkeit, sich mit kunsthandwerklichen Produkten der Indios in Ecuador vertraut zu machen und auch das eine oder andere Erinnerungsstück zu kaufen. Mit gefielen die kleinen Wandteppiche sowie Holzarbeiten wie Papageien und Blockflöten besonders gut.

Wesentlich weniger erfreulich zeigte sich die Entwicklung bei RSI - Radio Slowakei International. Verantwortliche Politiker und Entscheidungsträger der Slowakei sind leider der Ansicht, dass dieses Instrument der Öffentlichkeitsarbeit nach dem erfolgreichen EU-Beitritt des Landes nicht mehr gebraucht werde. Mitte dieses Jahres wurde trotz heftiger Proteste der Mitarbeiter und der Hörerschaft die Kurzwellenübertragung aus der Slowakei komplett eingestellt. Die deutschen Sendungen aus Bratislava können nur noch über Satelliten und Internet empfangen werden. Die Station ist dadurch für einen Teil ihrer Hörerschaft nicht mehr erreichbar. Zugleich steht sie vor einer recht ungewissen Zukunft. Wie ein regulärer Sendebetrieb mit nur noch zwei Redaktionsmitgliedern aufrechterhalten werden kann, ist ebenfalls noch nicht geklärt

Von diesen Problemen ist bei CRI – China Radio International aus Beijing - derzeit noch nichts zu verspüren. Im Gegensatz dazu weitet die Station aus der chinesischen Hauptstadt ihre internationalen Dienste weiter aus. Während mit dem englischsprachigen „Kenya FM" erst kürzlich der erste UKW-Auslandsdienst in Afrika eröffnet wurde, baut CRI seine Aktivitäten auch für den deutschen Sprachraum kontinuierlich aus. So mancher Kurzwellenhörer mag sich noch an den Applaus erinnern, als Sun Jingli, der Leiter der deutschen Redaktion von CRI vor drei Jahren hier in Merchweiler die Verdoppelung der Sendezeit für die deutschsprachigen Programme angekündigt hatte. Die zweite Sendestunde, die zuvor nur eine Wiederholung der ersten Stunde war, erhielt eine neue Struktur. Mit „Blickpunkt Beijing", „Wetterbeobachtungen" sowie „Börse und Geld" kamen neue Tagesrubriken hinzu.

Li Yan, Deutschlandkorrespondent des Senders, der als Vertreter von CRI auf dem diesjährigen DX-Camp anwesend war, kündigte auf dem CRI-Hörertreffen an, dass die Strukturreform der zweiten Sendestunde fortgesetzt wird. Weitere neue Rubriken werden hinzukommen. Dazu gehören ein täglicher Beitrag über die Vorbereitungen auf die Olympiade in Beijing im Jahr 2008 und ein neues Musikprogramm. Der beliebte Hörerbriefkasten wird ab August samstags zu hören sein. Die Umstellungen dürften besonders den Hörern mit Internetanschluss kaum Probleme bereiten, da die wöchentliche Programmübersicht weiterhin per E-Mail zugestellt wird. Allgemein wurde bestätigt, dass der Empfang der CRI-Sendungen vor allem in den Abendstunden keine nennenswerten Probleme bereitet. Als besonders nette Überraschung brachte Herr Li den Teilnehmern des Treffens schöne Geschenke mit, darunter historische Wimpel und Pins, chinesische Glücksornamente, Musik-CDs, Bücher und vieles mehr. Kein Teilnehmer musste die Veranstaltung mit leeren Händen verlassen.

Den Abschluss bildete zu schon fortgeschrittener Stunde das Treffen des erst kürzlich im badischen Ottenau gegründeten RTI-Hörerklubs. Chiu Bihui, die Leiterin von Radio Taiwan International war im Mai in hochrangiger Begleitung zur Klubgründung nach Deutschland gekommen, so dass beim Klubtreffen in Merchweiler kein Vertreter des Senders anwesend sein konnte. Auf dem Programm standen die Begrüßung und ein Tätigkeitsbericht durch Klubleiter Bernd Seiser sowie eine Dia-Show mit Fotos von den RTI-Treffen dieses Jahres in Berlin und Ottenau.

Zum Ausklang des Abends blieb noch Zeit zum geselligen Beisammensein und zum Gespräch mit Hobbyfreunden. Unter diesem Zeichen verlief auch der Sonntag. Herr Li von CRI führte noch einige Gespräche, zeichnete mehrere Interviews mit Camp-Teilnehmern auf und verabschiedete sich gegen Mittag von den Anwesenden.

Zum Ausklang der Veranstaltung fand, wie immer, eine Tombola statt, die ich aber leider nicht mehr miterleben konnte, weil ich zu diesem Zeitpunkt schon wieder in meinem Zug nach Hause saß."

Zwei Stimmungsbilder, die drei Jahre auseinander liegen. Sie dokumentieren einerseits, welche Faszination auch damals noch von den kurzen Wellen ausgegangen ist. Andererseits spürt man aber auch, dass die Welt sich verändert hat und sich weiter verändert. Die Redaktionen müssen sparen, weitere Sender werden ihre Dienste einstellen müssen, weil das Geld nicht reicht oder weil die politischen Vorgaben es verlangen.

Leider gibt es dieses Hörertreffen schon seit langem nicht mehr. Herr und Frau Hell sind nicht mehr am Leben und auch viele andere Hörertreffen finden nicht mehr statt. In einem Umfang, in dem die großen internationalen Rundfunkstationen sich auflösen, lässt auch der Austausch unter den Hörern nach – nicht zuletzt auch, weil die Mitglieder der Hörerfamilie immer älter und immer weniger werden. Auch Nachwuchs ist kaum in Sicht. Die Jugend hat ihr Glück im Internet und in den Smartphones gefunden. Für das Radio oder gar für Sendungen, bei denen man zuhören muss, statt sich beschallen zu lassen, fehlt den jungen Menschen dieser Tage häufig der Antrieb. Alles muss rasch und leicht konsumierbar sein. Radio auf Kurzwelle ist ganz sicher nicht mehr der Magnet, der es einmal war. Die Zeiten, in denen ein kleiner Bub im Schwarzwald begeistert an einem Dampfradio seine freie Zeit verbracht hat, ist ganz offensichtlich vorbei.

Der erste Schritt in die Welt - Radio Prag

Über den aktiven Austausch zwischen Sendern und Hörern auf der internationalen Kurzwelle habe ich bereits geschrieben. Auch darüber, dass die Sender ihre Hörer regelmäßig zur Teilnahme an Aktionen und interaktiven Spielen aufriefen. So konnten wir Hörer uns bei Hitparaden, Umfragen über Land und Leute oder Aufsatzwettbewerben beteiligen. Zu gewinnen gab es meist kleine Geschenke und Erinnerungen des Senders oder des jeweiligen Landes, aber auch Besuche und Reisen, bei denen man als Radiohörer die Heimat der Stationen kennenlernen durfte. So wurde die Welt des Radiofernempfangs für mich im wahrsten Sinne des Wortes der Schlüssel zur Welt. Radio Prag war der Anfang.

Ganz im Zeichen des „Jahres der tschechischen Musik" veranstaltete Radio Prag im Jahr 2004 seinen traditionellen Hörerwettbewerb.

„Dabei sein ist alles", dachte ich mir, setzte mich an einem verregneten Sonntagnachmittag an meinen PC und schrieb einen Aufsatz über ein Werk der tschechischen Musik – ein Werk, das ich ganz besonders liebe: Smetanas „Moldau". Zu keinem Zeitpunkt hatte ich damit gerechnet, dass mir dieser Entschluss eine wundervolle Woche in der goldenen Stadt bescheren würde. Umso größer war die Überraschung und Freude, als mich am 21. Juni Frau Maurovás Nachricht erreichte, dass ich als Gewinner des diesjährigen Wettbewerbs feststehe. Der Preis: Eine einwöchige Flugreise nach Prag für zwei Personen im Oktober oder November desselben Jahres.

Nach Wochen der Vorfreude war es dann soweit. Am 29. Oktober fuhren wir, meine Frau Linda und ich, sehr früh morgens zum Stuttgarter Flughafen, von wo aus uns eine Maschine der tschechischen Fluggesellschaft Ceska Aerolinie, CSA, komfortabel und bestens verpflegt, in etwas mehr als einer Flugstunde zu unserem Reiseziel brachte.

Bei unserer Ankunft erwartete uns bereits die Sekretariatsleiterin von Radio Prag, Frau Pittnerova am Prager Flughafen. Nach einer überaus liebenswerten Begrüßung wurden wir von ihr zu unserem Hotel gebracht. Der Prager Flughafen liegt etwa zwanzig Autominuten außerhalb des Zentrums. So hatten wir die Gelegenheit zu einem netten Gespräch und zu ersten Eindrücken von der Hauptstadt der tschechischen Republik.

Wir waren im feinen, zentral gelegenen Hotel „Adria Praha", direkt am Wenzelsplatz, untergebracht. Die Geschichte des komfortablen Vier-Sterne-Hotels reicht bis in das 14. Jahrhundert zurück, wo es zum Karmeliterkonvent der heiligen Maria vom Schnee gehörte. Im Jahr 2003 war das Haus komplett saniert und renoviert worden und verfügt nicht nur über luxuriöse, sehr geschmackvoll eingerichtete Zimmer, sondern auch über einen überaus schmucken Eingangsbereich, ein großzügiges, von Licht durchflutetes Frühstücksrestaurant, eine interessante Bar und ein sehr bemerkenswertes und außergewöhnlich gestaltetes Restaurant in Gestalt einer Grotte. In feinem Ambiente wird man hier - bei Live-Klaviermusik – mit bester böhmischer und internationaler Küche verwöhnt. In kulinarischer Hinsicht hat Prag einiges zu bieten – nicht nur Knödel und das berühmte, fast schon legendäre Prager Bier.

Die goldene Stadt präsentierte sich uns von ihrer schönsten Seite - ruhiges Spätherbstwetter, sonnig, teilweise auch mit etwas Nebel – und lud zu ausgedehnten Spaziergängen und Besichtigungen ein. Überwiegend zu Fuß erkundeten wir die vielfältigen Aspekte der Moldau-Metropole: Von der Teynkirche, dem Altstädter Rathaus, der Karlsbrücke, dem St.-Veits-Dom und vielen anderen monumentalen Zeugen seiner großen

Geschichte ergriffen, bezaubert von den malerischen, verwinkelten Gässchen der Mala Strana - der Prager Kleinseite - fasziniert vom pulsierenden Leben auf beiden Seiten der Moldau nahm uns Prag ganz in seinen Bann, dem sich wohl kaum ein Besucher zu entziehen vermag.

Wir folgten dem „Königsweg" vom Pulverturm über die Karlsbrücke hinauf zum Hradschin, verbrachten einen ganzen Tag mit der Erkundung der Kleinseite und unternahmen eine ausgedehnte Wanderung durch Prags Neustadt hinauf zum geschichtsträchtigen Visegrád. Auf dem dortigen Ehrenfriedhof kann man die letzten Ruhestätten vieler bedeutender tschechischer Persönlichkeiten sehen, darunter auch die von Bedrich Smetana und Antonin Dvorak. Auch die Standbilder von Šarka und Libuše, die Smetana in seinem Zyklus „Mein Vaterland" verewigt hat, findet man dort.

Die Prager Burg, den Kaiserpalast, den St.-Veits Dom und das „goldene Gässchen" besichtigten wir in aller Ausgiebigkeit. Besonders beeindruckend ist die Krypta des St.-Veits-Domes, wo sich neben anderen auch die Grabstätte Kaiser Karls IV befindet.

Auf den Spuren des jüdischen Prags besuchten wir die Josefstadt, wo wir den jüdischen Friedhof, die Zeremonienhalle und die Synagogen gesehen haben. In der spanischen Synagoge, dem schönsten und prächtigsten Bauwerk des jüdischen Viertels, findet man eine sehr lohnende Ausstellung über die Geschichte der Prager Juden von den Anfängen bis in die Gegenwart. Natürlich wird dem Thema Judenverfolgung und Holocaust in besonderer Weise gedacht. Fotografien, Texttafeln und Gegenstände aus dem Leben und Alltag der Opfer fügen sich zu einem erschütternden Bild einer Zeit des Grauens und der Unmenschlichkeit. Auch die für die Juden wenig erfreulichen Jahre des Sozialismus sind Bestandteil dieser Präsentation.

Etwa 30 km südwestlich von Prag befindet sich die Burg Karlstein. Um mit der U-Bahn zum Bahnhof Smichow und von dort mit dem Zug weiter zum gleichnamigen Ort Karlstein zu gelangen, benötigt man etwa eine Stunde. Man fährt dabei durch eine reizvolle Hügellandschaft mit schmucken Ortschaften, so dass auch die Anfahrt ein schönes Ereignis ist. Der Aufstieg zur Burg, vorbei an vielen Restaurants und Souvenirgeschäften, dauert etwa eine halbe Stunde. Karlstein liegt hoch oben auf einem Felsen. Die mittelalterliche Burg war der Aufbewahrungsort für die heiligen Schätze des Reiches. Auch heute kann man dort noch Gold und Edelsteine besichtigen. Etwas schade war, dass man den schönsten Teil der Burg, den „Turm des heiligen Kreuzes" nicht besichtigen durfte. Dafür musste man sich einige Tage vorher anmelden, was wir leider nicht wussten. Auch die beiden Reiseführer, die wir hier in Deutschland gekauft hatten, gaben darüber keine Auskunft. Schade zwar, aber es wird ja hoffentlich ein „nächstes Mal" geben.

Im Zeichen der tschechischen Musik fand nicht nur der Aufsatzwettbewerb von Radio Prag statt. Auch wir folgten dem Motto: Sehr lohnend waren die Besuche des Dvorak- und auch des Smetana-Museums, das sich direkt bei der Karlsbrücke befindet. Beide warten mit umfassenden Dokumentationen über Leben und Werk der großen Komponisten auf. Viele Musikinstrumente und Reminiszenzen ergänzen die Sammlungen. Besonders sehenswert ist, von einem liebevoll gepflegten Garten umgeben, die „Villa Amerika" in der Prager Neustadt, in der das Dvorak-Museum angesiedelt ist. Auch das Mozart-Museum in der Villa Bertramca hätten wir gerne besichtigt. Leider hatte es aber bereits geschlossen, als wir dort ankamen

Beeindruckend war die große Vielfalt des kulturellen und musikalischen Angebots in Prag. Auf unserem Programm standen zwei Aufführungen in der Staatoper: „Die Zauberflöte" und „Madame Butterfly". Auch ein Besuch der Laterna Magica und ein Abend mit Volksliedern und Volkstanz in schönen traditionellen Trachten gehörten mit dazu.

Als ganz besondere Höhepunkte unserer Reise waren zwei Besuchstermine bei Radio Prag vorgesehen. Sehr nett wurden wir am Montagvormittag von der Redaktionsleiterin, Frau Mladkova, begrüßt und zu einem ersten kurzen Interview für das „Tagesecho" ins Studio geführt. Auf dem Weg dorthin begegneten wir Lothar Martin, der den Hörern von Radio Prag durch sein fundiertes Sportwissen und seine langjährige Leitung des „Hörerforums" bekannt sein dürfte. Er versprach uns, sich am Nachmittag etwas mehr Zeit für uns zu nehmen.

Im Anschluss an das Interview wurden wir vom Direktor von Radio Prag, Herrn Krupicka, willkommen geheißen. Ich habe mich sehr gefreut, dass wir die Gelegenheit hatten, ihn persönlich kennen zu lernen. Nachdem ich seine schöne Sammlung historischer Radioempfänger bestaunt hatte, blieb auch noch Raum für ein Gespräch, das wir in englischer Sprache führten und in dem auch Themen wie „Radio", „Kurzwelle", „Internet" und „DRM" nicht zu kurz kamen.

In der Redaktion trafen wir dann Frau Kachlikova, die den Hörern auch noch unter ihrem früheren Namen Markéta Maurová bekannt sein dürfte. Ganz spontan erschien zudem Pavla Horáková vom englischen Dienst in den Redaktionsräumen. Sie überredete uns zu einem kurzen Interview in Englisch für die Sendung „Mailbox". Anschließend lud sie uns ins Studio ein, wo wir bei der Produktion der englischsprachigen Sendung zusehen durften. Beeindruckend war die moderne Ausstattung des Studios und die hohen Qualitätsansprüche und die Professionalität der Redaktionsmitglieder, allen voran des Redaktionsleiters und stellvertretenden Direktors David Vaughan.

Nicht weniger spannend war die Produktion der deutschsprachigen Sendung, bei der wir anschließend zu Gast waren. Produziert wurde das „Tagesecho", in das auch mein kurzes Interview integriert wurde. Live und sozusagen „ohne Netz" wurden die Nachrichten gesprochen. Generell sind die Nachrichten, mit denen die Programme von Radio Prag jeweils eröffnet werden, live gesprochen und immer aktuell.

Am Nachmittag kam dann, wie versprochen, Lothar Martin in den Redaktionsräumen vorbei und lud uns in ein nettes Prager Café ein, wo wir uns sehr angenehm mit ihm unterhielten. Dabei ging es nicht nur ums Radio, sondern auch um andere aktuelle Themen. Wir sprachen über die Zukunft der Kurzwellentechnik sowie alternative Übertragungswege. Klar wurde, dass ein internationaler Auslandsrundfunk nicht allein auf die Kurzwelle setzen darf, sondern dass auch das Internet, Satellitenübertragungen und andere moderne Infrastruktur eingesetzt werden muss, um eine möglichst große Hörerzahl zu erreichen. Insbesondere das Medium Internet, so erzählte er uns, erlaube durch so genannte „Klick-Statistiken" eine transparentere Übersicht über die Hörerzahlen.

Unser zweiter Besuch bei Radio Prag fand dann am Donnerstag, dem 4. November, nachmittags, statt. Begrüßt wurden wir von Thomas Kirschner, dem neuen Redakteur des Hörerforums. Während ich beim ersten Besuch noch respektvoll über die Treppe in die Redaktion gelangte, fasste ich mir nun doch ein Herz und stieg in den historischen Paternoster, der anstelle eines Fahrstuhles die Stockwerke des Funkhauses miteinander verbindet. Herr Kirschner nahm uns gleich mit in das Studio, wo Linda und ich zu einem längeren Gespräch – für das „Hörerforum" - eingeladen wurden, in dem wir über unsere Eindrücke in Prag berichten durften. Anschließend trafen wir uns, nach einem weiteren kurzen Besuch in der Redaktion, erneut mit Herrn Direktor Krupicka. Auf dem Programm stand ein

Abendessen in festlichem Ambiente, an dem auch Frau Mladkova teilnahm. Dieses und der darauffolgende Besuch der Oper „Madame Butterfly" markierten den grandiosen Abschluss einer unvergesslichen Woche.

Doch der Traum ging weiter: Auch bei unserem erneuten Besuch von Radio Prag, dreieinhalb Jahre später, war Gastfreundschaft großgeschrieben. Die Redaktionsräume von Radio Prag befanden sich nun in der Rimska, einer Parallelstraße der Vinohradská - das bisherige Funkgebäude wurde gerade vollständig saniert und umgebaut. Die freundliche Dame am Empfang begrüßte uns wieder sehr nett und informierte sogleich die deutsche Redaktion über unseren Besuch. Es dauerte nur wenige Minuten, bis Pavel Polák uns abholte und in die Redaktionsräume begleitete, wo Lothar Martin, Christian Rühmkorf, Jitka Mladkova und Martina Schneibergova bereits mit der Vorbereitung des aktuellen Tagesprogramms beschäftigt waren.

Radio Prag – Englische Redaktion

Wir begleiteten Pavel Polák und Lothar Martin in die modernen, digitalen Aufnahmestudios, wo wir live die Produktion des neuesten „Sportreports" mit Berichten von den Eishockeyfinals mit verfolgen durften. Die Mischung aus professioneller Aufnahmetechnik, moderner Audiosoftware und gekonntem Sprach- und Vortragsstil waren unschwer zu übersehen

Nach einem kurzen Interview, das Herr Polák für das „Hörerforum" mit uns aufzeichnete, hatten wir Gelegenheit zu einem anregenden Gespräch mit Till Janzer, der ebenso wie ich an der philosophischen Fakultät der Universität Freiburg studiert hatte. Da gab es natürlich einiges zu erzählen: Über Freiburg, Prag, osteuropäische Sprachen und natürlich auch über Radioempfang, Redaktionsarbeit und Verbreitungswege.

Radio Prag – Der damalige Redaktionsleiter Gerald Schubert

Sehr herzlich empfing uns auch die englische Redaktion, deren Sendungen ich ebenfalls regelmäßig und gerne höre. Bei Radio Prag produziert jede Sprachredaktion vollkommen eigenständige Programme, so dass es sich immer auch lohnt, einmal über den eigenen Muttersprachhorizont hinauszublicken. Mit Pavla Horakova, deren „Mailbox" immer besonders hörenswert war, hatte ich mich vorab bereits per E-Mail verabredet. Nach einem netten, längeren Gespräch, stellte sie uns die Redaktionsleiterin Daniela Lazarova sowie ihre Kollegin Rosie Johnston vor.

Ich war überrascht, dass Gerald Schubert, der neue Chefredakteur von Radio Prag uns nach über drei Jahren sofort wiedererkannte. Spontan lud er uns zu einem Gespräch in sein Büro ein. Besonders interessierte er sich für Empfangswege und die Empfangssituation sowie die Nutzung neuer digitalen Übertragungsmöglichkeiten wie Satellit, Internet und DRM. Dass Radio Prag auch weiterhin auf der analogen Kurzwelle vertreten sein wird, stand damals außer Frage – Internetradio, Audio on Demand und Podcasting nahmen aber auch bei beim tschechischen Auslandsrundfunk schon damals einen immer breiteren Raum ein. Mit einem neuen IPod-Modell, das Herr Schubert uns vorstellte, konnte man die digitalen Daten bereits direkt über WLAN aus dem Internet herunterladen – der Umweg über den PC war damit nicht mehr nötig.

So verlief auch unser zweiter Besuch bei Radio Prag in großer Freundschaft. Vieles hat sich mittlerweile verändert. Die deutschsprachigen Sendungen auf der Kurzwelle gibt es nicht mehr. Zwar ist der englische und der französische Dienst von Radio Prag noch auf den Kurzwellen präsent, aber die Sendungen kommen aus Miami, Florida und sind nicht für die europäische Hörerschaft bestimmt. Immerhin ist man noch über Satelliten und Internet zu empfangen - hörenswert und hochprofessionell sind die Sendungen und der Internetauftritt weiterhin.

China Radio International

Es war an einem frühen Nachmittag im Dezember 2004. An meinem Arbeitsplatz leuchtete eine Adventskerze. Mein Telefon klingelte: „Hallo Herr Matt! Hier ist Dou Xiaowen von Radio China International. Wie geht es Ihnen? Ich habe eine wichtige Information für Sie: Sie haben den Sonderpreis im Wettbewerb um die Provinz Zhejiang gewonnen!" Ich konnte es erst einmal gar nicht fassen. Wer träumt nicht davon, einmal eine Traumreise nach China zu gewinnen. Ich wusste ja, dass an Wettbewerben dieser Art immer sehr viele Menschen teilnehmen. Dass es, wie ich später erfuhr, fast 100.000 Hörer waren, die an dem Wettbewerb teilgenommen hatten, übertraf jedoch meine Vorstellung bei weitem.

Zehn Fragen galt es zu beantworten, um sich die Chance auf einen der vielen schönen Preise des Wettbewerbs zu wahren. Für diejenigen, welche die informativen und interessanten Sondersendungen regelmäßig und aufmerksam verfolgt hatten, die Radio China International in diesem Zusammenhang ausgestrahlt hatte, war es nicht sehr schwierig, die gestellte Aufgabe zu bewältigen. Die Sendebeiträge lieferten viele wertvolle Informationen und sehr viel Hintergrundwissen über die Provinz Zhejiang, von der ich vor diesem Wettbewerb nur recht wenig gewusst hatte.

Der Termin war etwas kurzfristig anberaumt. „Ich hoffe, du bist flexibel", sagte Dou Xiaowen am Telefon. „Du hast gerade mal drei Wochen Zeit für alle Vorbereitungen und das Visum". Schon am 02. Januar 2005 sollte die Reise beginnen. Alles musste also ganz schnell entschieden und organisiert werden.

Nachdem kurz nach Weihnachten bereits alle Reisepapiere vorlagen, konnte ich die verbleibenden Tage noch nutzen, um

letzte Informationen über China, Beijing und die Provinz Zhejiang zu sammeln. Viel Wissenswertes hatte ich ja bereits im Rahmen der CRI-Sondersendungen erfahren, aber natürlich wollte
ich möglichst gut vorbereitet sein auf meine erste Reise ins
Reich der Mitte. Ich war wundervoll aufgeregt und konnte den
Tag der Abreise kaum erwarten.

Nach einem angenehmen und ruhigen Flug mit Air China erreichte ich am Montag dem 03. Januar gegen Mittag Chinas
Hauptstadt Beijing, wo ich von Shao Jianguang, dem Moderator
der beliebten Sendung „Kaleidoskop", empfangen wurde. Seinen Vorschlag, mich erst ins Minzhu-Hotel zu bringen und anschließend mit ihm zusammen Beijing etwas näher kennen zu
lernen, nahm ich gerne an. Zu Fuß und per Taxi erkundeten wir
das alte Beijing, das normalerweise von Touristen kaum wahrgenommen und eher selten besucht wird: Die Hutongs waren
überwältigend für mich. Eine erstaunliche Welt enger Gassen,
kleiner Geschäfte, alter, mehr oder weniger sanierungsbedürfti-
ger Wohnhöfe und Menschen in einfachsten Verhältnissen. Es
ist eine Welt, die immer mehr verschwindet und Platz machen
muss für das, was man heute „das moderne Leben" nennt. Im
Hintergrund zeigten sich immer wieder die Silhouetten der
Großstadt, dieser „Moderne", die auch in China alles Tradierte
nach und nach aufsaugen und durch nichtsagende Wohntürme
ersetzen wird.

Unser Rundgang endete mit einem ersten Höhepunkt: Original
Pekingente hatte ich zuvor noch nie gegessen. In wunderschö-
nem chinesischem Ambiente wurde die Köstlichkeit direkt am
Tisch serviert: Feine knusprige Scheiben, die zusammen mit So-
jasauce und Lauchstreifen, in dünne Teigfladen gewickelt, gegessen werden. Es war köstlich.

Am nächsten Morgen begann gleich nach dem Frühstück das
offizielle Reiseprogramm. Für den Vormittag stand der Besuch

des Tien-An-Men-Platzes und der verbotenen Stadt auf dem Programm. 1987 von der UNESCO zum Weltkulturerbe ernannt, liegen der geheimnisvolle Kaiserpalast und die Tempelanlagen im Herzen von Beijing, hinter hohen Mauern verborgen, den einfachen Leuten über Jahrhunderte hinweg nicht zugänglich. Eine riesengroße Anlage, von der aus einst der chinesische Kaiser mit seinem Hofstaat mit 4000 Angehörigen regierte.

Der Nachmittag war für die Besichtigung des im Jahr 1421 erbauten Himmelstempels reserviert. An diesem Ort hielt der Kaiser mehrmals im Jahr „Zwiesprache mit dem Himmel". Im Zentrum stand die Beschwörung der Harmonie der Erde mit dem Makrokosmos bzw. des Menschen mit den Wesenheiten der Natur. Der Kaiser wohnte in diesen Zeiten innerhalb der Tempelanlagen im „Palast der Abstinenz". Am Rande der Anlagen befindet sich ein schöner Park, in dem sich viele, überwiegend ältere Menschen, aller Kälte zum Trotz, vergnügen, Lieder singen, Ihre Musikinstrumente ausprobieren, Mahjongg spielen oder einfach gesellig sind.

Abends ging es dann mit der Bahn in einem Schlafwagen der ersten Klasse zum eigentlichen Ziel unserer Reise, der Provinz Zhejiang. Die Provinz Zhejiang liegt mit Ihrer Hauptstadt Hangzhou an der chinesischen Ostküste, südlich von Shanghai. Die Provinz gehört nicht nur zu den besonders hoch entwickelten Provinzen Chinas, sondern auch zu den touristisch attraktivsten.

Die Eisenbahn in China ist an sich schon ein interessantes Erlebnis: Sicherheit ist oberstes Prinzip. Schon am Eingang des Bahnhofs wird zum ersten Mal die Fahrkarte kontrolliert. Ähnlich wie an Flughäfen findet auch eine Überprüfung des gesamten Reisegepäcks statt, das in einer Sicherheitsschleuse durchleuchtet wird. Eine weitere Kontrolle der Fahrausweise erwartet die Fahrgäste beim Einstieg in den Zug.

Der Westsee

Am frühen Morgen des 5. Januar erreichten wir Hangzhou, die Hauptstadt der gut 1000 km südlich von Beijing gelegenen Provinz Zhejiang. Dort erwartete uns eine Delegation der Provinzverwaltung und des lokalen Fernsehens. Wir erfuhren, dass über unseren Aufenthalt eine TV-Dokumentation für das regionale Fernsehen der Provinz Zhejiang produziert werden sollte: Ein etwas ungewohntes, aber doch recht amüsantes Gefühl. Nach der sehr feierlichen Begrüßung brachte uns ein Bus zu unserem schönen, direkt am Westsee gelegenen Hotel Mang Zhou.

Gleich nach dem Frühstück begann das Tagesprogramm. Eine Bootsfahrt auf dem Westsee brachte uns zu einer der künstlich angelegten Inseln, die uns mit wundervollen Pavillons und Gartenanlagen bezauberte. Wer die fast märchenhafte Natur des malerischen Westsees bewusst wahrnimmt, wundert sich nicht, dass dieser geheimnisvolle Ort zum Schauplatz von Mythen und Legenden geworden ist – Legenden, wie jene von einer weißen Schlange, die sich aus Liebe zu einem jungen Mann in eine Frau verwandelte. Ein Mönch, der Ihr Geheimnis entdeckte, ließ sie unter der großen Pagode am Seeufer einmauern. Zu diesem Zeitpunkt dachte ich noch nicht daran, aus dieser Geschichte einmal einen eigenen Roman zu entwickeln – eine Gänsehaut hatte ich aber doch, als mein Begleiter Shao mir oben auf der Leifang-Pagode die Bedeutung der kunstvollen Holzschnitzereien erklärte, die das bewegende Schicksal der weißen Schlange in poetischen Bildern illustrieren. Die Geschichte kann man jetzt, von mir erzählt, in viele Sprachen, nachlesen.

Unser Boot hatte während der gesamten Zeit auf uns gewartet. Es brachte uns weiter zum gegenüber liegendem Seeufer, an dem sich das historische Museum der Stadt befindet. Die faszinierende Präsentation eines Zeitraums von 7000 Jahren zeigte übersichtlich und anhand zahlreicher Exponate, vom ältesten Reiskorn bis hin zu Dokumenten aus dem 20. Jahrhundert, dass die Provinz Zhejiang durchaus als eine der Wiegen menschlicher Zivilisation angesehen werden kann.

Das Tagesprogramm klang aus mit einem Spaziergang auf dem romantischen Pilgerweg am Ufer des Westsees und der Besichtigung jener großen Pagode, unter der die weiße Schlange eingegraben sein soll.

Am Abend wurde für uns Preisträger im Hotel ein großes Begrüßungsbankett gegeben. Nach einer vergnüglichen Zeit mit vielen kulinarischen Köstlichkeiten erhielten wir noch zwei schöne, für die Provinz Zhejiang besonders typische Geschenke: Einen Schlafanzug aus zarter Seide und eine

Geschenkpackung mit feinem Longjing-Tee. Es war ein festlicher Ausklang eines bewegenden Tages.

Am folgenden Morgen brachte unser Bus uns zur nächsten Station unserer Reise, nach Shaoxing, der Heimat des berühmten chinesischen Dichters Luxun. In Shaoxing ist die allgegenwärtige Präsenz von Wasser nicht zu übersehen: Flüsse, Teiche, Kanäle – Wasser, wohin das Auge blickt. Eine wirklich malerische, pittoreske Szenerie. Nach der Besichtigung der parkähnlichen Museumsanlagen der 2000 Jahre alten Kalligraphenschule von Lanting ging unsere Fahrt weiter in die Altstadt von Shaoxing. Wir flanierten zuerst durch die historische Straße, in der sich die Häuser und Gärten der Familie von Luxun befinden. Auch das Haus, in dem der Dichter geboren wurde, aufwuchs und zur Schule ging, war für die Besucher geöffnet. Die ganze Anlage ist heute ein Freilichtmuseum. Unser Bummel durch Shaoxing brachte uns zu einem besonders originellen historischen Restaurant, vor dem uns schon der Kulturamtsleiter der Stadt Shaoxing zum Mittagsbankett erwartete. Da Shaoxing ein Zentrum der chinesischen Reisweinproduktion ist, lag es nahe, dass dieses ganz besondere Getränk im Zentrum unseres Essens stand.

Eine weitere Reisweinprobe wartete in der lokalen Brauerei auf uns. Der Geschäftsführer führte uns persönlich durch die Produktionsstätten und erläuterte das Herstellungsverfahren des berühmten Shaoxing-Reisweins.

Sehr poetisch ist eine Bootsfahrt durch die Kanäle der Altstadt von Shaoxing. Fährt man in den gondelähnlichen Booten durch die Wasserstraßen, schimmert die Stadt wie ein chinesisches Venedig aus den Wellen herauf. Über die „alte Straße" führte uns ein kleiner Pfad zu Fuß zurück zu unserem Bus, der uns zum Shaoxing Hotel brachte.

Etwas außerhalb von Shaoxing befindet sich ein neu angelegtes Dorf, das wir am folgenden Morgen besichtigen konnten. Es besteht aus Reihenhäusern, Dorfmarkt, Park, Theater und Gemeindehaus. In letzterem waren die Senioren der Gemeinde zum geselligen Mahjongg-Spiel versammelt. Einer der Anwesenden sagte mir, dass sich die Lebensqualität im Vergleich zu früher erheblich verbessert habe. Die neuen Häuser sind modern und geräumig, verfügen über gut ausgestattete Küchen und sanitäre Anlagen. Davon konnten wir uns bei der Besichtigung eines bereits bewohnten wie auch eines ganz neuen, noch im Bau befindlichen Hauses selbst überzeugen. An der Stelle, an der einst das ärmliche Dorf lag, entstand ein Themenpark zum Gedenken an Leben und Werk des Dichters Luxun. Die Gebäude und Straßen waren so angelegt, wie Luxun sie in seinen Werken ausgemalt hatte. Zahlreiche Figuren seiner Schriften werden in originellen Kostümen von Laiendarstellern gespielt. Unser Spaziergang durch diese „Kunst"-Stadt war eine magische Reise in die Welt der Romane und Erzählungen des großen Schriftstellers.

Nach der anschließenden Rückkehr nach Hangzhou nahmen wir noch an einer sehr informativen Führung durch eine historische Apotheke teil, in der die Geschichte der traditionellen chinesischen Medizin anhand vieler anschaulicher Exponate und Bilder dokumentiert ist. Nach anschließendem Einkaufsbummel durch eine traditionelle Einkaufsstraße, bei dem heftig gehandelt und gefeilscht werden konnte, klang der Tag mit wundervollem Essen und traditioneller Teezeremonie in einem klassischen chinesischen Teehaus aus.

Der Samstag begann mit dem Besuch der prachtvollen Residenz von Hu Xueyan. Im 19. Jahrhundert wer er der reichste Einwohner von Zhejiang: Mit seinem noblen Interieur, den prunkvollen Gärten und den kunstvollen Wandreliefs erinnert der Gebäudekomplex eher an die Paläste der verbotenen Stadt, als an ein Wohnhaus. Erstaunlich ist auch die Anzahl der Zimmer, die Hu Xueyan für seine Nebenfrauen reserviert hatte.

Es folgte ein Besuch des nahe liegenden Parks und des Dorfes Longjing, bekannt durch den berühmten Tee gleichen Namens. Im landschaftlich malerisch gelegenen Ort wird der feinste und wohl auch kostbarste grüne Tee Chinas angebaut. Besondere Attraktion für uns Besucher war der alte Drachenbrunnen. Rührt man mit einem Stab in dem Wasser und erkennt man in der Wasserströmung einen Drachen, dann ist, der Legende zufolge, großer Reichtum gewiss. Nach einem köstlichen Mittagsdiner mit dem Ortsvorstand ging die Fahrt zurück nach Hangzhou, wo die feierliche Verleihung des Sonderpreises auf dem Programm stand.

In den Räumen des regionalen Zhejianger Fernsehens hatten sich bereits zahlreiche Vertreter aus Presse, Rundfunk und Fernsehen versammelt, die uns gleich mit einem Blitzlichtgewitter und zahlreichen Interviews empfingen. Der Preis, eine kostbare chinesische Cloisonné-Vase aus Beijing, wurde uns durch den Gouverneur der Provinz Zhejiang persönlich überreicht. Nach anschließendem Abendessen waren wir die Kandidaten in einem sehr amüsanten Unterhaltungsprogramm des regionalen Senders Zhejiang-TV, was uns richtig viel Spaß gemacht hat. Besonders lustig wurde die Sendung, als der französische Preisträger die Frage, was ihm in China am besten gefalle, mit „the Girls" beantwortete und dies in vielen Details erläuterte.

Nach diesem bewegenden aber anstrengenden Tag sollte der Sonntag etwas ruhiger verlaufen. Einziger offizieller Programmpunkt war der Besuch eines Zentrums für Seidenprodukte, wo man auch besonders preisgünstig einkaufen konnte. Seide, wohin das Auge blickte – ich konnte mich gar nicht satt sehen und erwarb auch einige besonders schöne Stücke. Beim anschließenden Mittagessen beschlossen mein Reisebegleiter Shao und ich, auf eigene Faust das berühmte buddhistische Kloster Lingying Si zu besichtigen. Die in idyllischer Berg-, Fels- und Teichlandschaft gelegenen Klosteranlagen beeindrucken nicht nur durch die klassische Architektur, die riesigen Buddhastatuen – darunter der so genannte „Lachende Buddha" – und die bezaubernde Lage, sondern gleichwohl dadurch, dass die Anlage noch immer als Kloster dient, das nach wie vor von buddhistischen Mönchen als Pilgerstätte besucht wird. „Kloster der Seelenzuflucht", so könnte man den chinesischen Namen „Lingying Si" in unsere Sprache übersetzen – vielleicht auch „Kloster der Wunder wirkenden Weltferne". Es ist eine fast schon hörbare Stille und greifbare Weihe, durch die buddhistische Heiligtümer auch auf Menschen aus dem abendländischen Kulturkreis immer wieder eine ganz besondere Anziehungskraft ausüben. Räucherstäbchen, brennendes Papiergeld, in Gebete versunkene Menschen, die Allgegenwart der Drachen- und Phoenix-Symbolik – all das verleiht der Szenerie einen Hauch von Entrücktheit, Stillstand und Ewigkeit. Geheimnisvolle, in die Felsen gehauene „Feilai Feng"-Buddha-Figuren sind Stein gewordene Zeugen der Gemeinschaft religiösen menschlichen Geistes mit der scheinbaren Ewigkeit der Natur. Steinpagoden, Bildreliefs, Standbilder und Kalligraphie bilden eine harmonische Einheit mit den malerisch schönen Gärten, den idyllischen Teichen und den wundervollen, alten Bambuswäldern. Dass das Kloster die Stürme der Kulturrevolution ebenso unbehelligt überstanden hat, wie auch die langen Kriegsjahre vor der Gründung der Volksrepublik China, ist nicht zuletzt der persönliche Verdienst des damaligen Premierministers Zhou Enlai, der sich sehr für die kulturellen Schätze eingesetzt hatte und ohne den auch diese weihevolle Stätte Opfer der angeordneten Barbarei geworden wäre.

Am frühen Morgen des 10. Januar erreichten wir mit einem Nachtzug wieder die chinesische Hauptstadt. Kurzes Frühstück und gleich ging es weiter zum Sommerpalast. Schon der Qing-Kaiser Qianlong liebte seinen Westsee so sehr, dass er sich in seiner nördlichen Hauptstadt Beijing eine verkleinerte Kopie davon anlegen ließ, um nicht Monate lang ganz auf seinen geliebten See verzichten zu müssen: Westsee und Sommerpalast sind wie Geschwister, die sich beim ersten Betrachten sehr ähnlich sind, sich jedoch in vielen Details auch deutlich unterscheiden. Beiden ist gemein, dass sie Ausdruck eines und desselben schöpferischen Geistes sind – von Menschenhand und menschlichem Geist geschaffen aber überirdisch schön. Für mich ist der Sommerpalast der schönste, reinste und integerste Ort der chinesischen Hauptstadt.

Mit Lu Shan und Sin Jingli in den Redaktionsräumen

Am Nachmittag unseres letzten Besuchstages brachte uns ein Bus zum CRI-Funkhaus, wo die acht Sonderpreisträger Ihre jeweiligen Sprachredaktionen besuchen durften. Nach Interviews, Tonaufnahmen und einer Besichtigung des Funkhauses traf schließlich Redaktionsleiter Sun Jingli ein. Wir kannten uns

83

bereits von einem Hörertreffen, das der Sender im Jahr 2004 in Berlin organisiert hatte – die Freude über das Wiedersehen war groß. Zusammen mit ihm und Shao Jianguang ging es zu Fuß zum festlichen Abenddiner ins „CRI-Hotel", zu dem auch die anderen sieben Preisträger eingeladen waren.

Mit der Besichtigung des größten Bauwerks der Welt, der „Großen Mauer", einem Einkaufsbummel in Beijing und dem Besuch einer sehr beeindruckenden Akrobatik-Vorführung ging eine unvergesslich schöne Radioreise mit einem atemberaubenden Programm zu Ende.

Radio Rumänien International

„Ferien an der Schwarzmeerküste" – unter diesem Motto veranstaltete Radio Rumänien International im Jahr 2005 einen Hörerwettbewerb, in dem es galt, drei Fragen über Rumänien und die Schwarzmeerküste zu beantworten. Die Gewinner des Hauptpreises durften sich auf einen einwöchigen Ferienaufenthalt für zwei Personen im Badeparadies Saturn freuen.

Kann man wirklich so viel Glück haben? Ich war doch gerade erst in China. Und auch meine Reise in die tschechische Hauptstadt liegt nur wenige Monate zurück. Das dachte ich, als mich am 9. Juni eine E-Mail der deutschen Redaktion von Radio Rumänien International erreichte, in der ich erfuhr, dass ich der Gewinner des Wettbewerbs sei. Nachdem ich meine Fassung wiedergefunden hatte, informierte ich meine Frau Linda und schrieb eine kurze E-Mail nach Bukarest, in der ich mitteilte, dass wir uns beide sehr auf die Reise freuten.

Am 14. Juli 2005, pünktlich um 16.10 Uhr rumänischer Ortszeit erreichte die Maschine der rumänischen Fluggesellschaft Tarom, bei der wir einen Direktflug ab Frankfurt gebucht hatten, den internationalen Bukarester Flughafen Otopeni. Alex Sterescu von der deutschen Redaktion wartete bereits auf uns, als wir in der Empfangshalle eintrafen. Die Fahrt an die Schwarzmeerküste sollte etwa drei Stunden dauern. Deshalb ging es nach einem ersten Foto für die Internetseite auch gleich los. Der Autoverkehr in Bukarest ist, will man das Wort „chaotisch" vermeiden, zumindest sehr beeindruckend. Konstantin, der Chauffeur schaffte es dennoch souverän, uns sicher aus der Stadt heraus zu manövrieren. Golden strahlten die zahllosen Sonnenblumenfelder, die rechts und links der erst kürzlich eröffneten, leider noch nicht ganz vollendeten Autobahn nach Constanza erblühten. Zugleich zeugen nicht gerade wenige

Industrieruinen und sanierungswürdige Plattenbauten von den Jahren der kommunistischen Ceausescu-Diktatur. Entlang der Straße nach Constanza sahen wir auch mehrere alte, teils verfallene Planwagen, wo Roma-Familien ein Leben in unvorstellbarer Armut führen. In krassem Gegensatz zu diesen traurigen Existenzen am Rande der Gesellschaft standen die zahlreichen Boten der modernen Zivilisation: Riesige Reklametafeln von McDonalds, Metro- oder Praktikermärkten, Raiffeisenbanken und Automobilkonzernen bezeugten das rasche Vordringen westlicher Investoren auf dem rumänischen Markt.

Geradezu dramatisch wurde die Fahrt, als wir uns Constanza näherten. Wir befanden uns plötzlich mitten in den Überschwemmungsgebieten. Nach den schweren Regenfällen der vergangenen Tage waren die Straßen teilweise derart überflutet, dass sie kaum zu passieren waren. Etwas verspätet aber dennoch sicher erreichten wir erst gegen 20.00 Uhr unser Hotel im Ferienort Saturn. Nach einem leckeren Abendessen und einem Schlummertrunk in einer gemütlichen Bar am Strand fielen wir vor Müdigkeit regelrecht ins Bett.

Alex und Konstantin mussten uns am kommenden Morgen nach einem Foto am Strand und einem ersten Interview für die Abendsendung wieder verlassen.

Unser Hotel lag direkt am Strand und vom Balkon aus bot sich ein malerischer Blick auf das Schwarze Meer. Keine Frage, dass wir die Tage zu ausgiebigem Baden in der strahlenden Sonne und den kühlenden Fluten nutzen wollten. Eine ganze Woche voll Sonne, klarem Wasser, Sandstrand, Liegestühlen, Sonnenschirmen und gutem Essen stand vor uns – hier könnte meine Erzählung also enden.

Linda am schwarzen Meer

Dass die rumänische Schwarzmeerküste weit mehr zu bieten hat, wussten wir bereits aus Büchern, Reiseführern und den Sendungen von Radio Rumänien International. So begannen wir schon am folgenden Tag, die Umgebung zu erkunden. Zu Fuß machten wir uns auf den Weg ins nahe gelegene Mangalia, das in der Antike noch Callatis hieß. Neben Constanza, dem früheren Tomis und der heute nicht mehr bewohnten Stadt Histria war Callatis schon mehr als sechs Jahrhunderte vor unserer Zeitrechnung eine bedeutende griechische Siedlung, die in späteren Jahren von den Römern zur Festung und Hafenstadt ausgebaut worden war. Zahlreiche Spuren erinnern noch heute an diese Zeit, darunter besonders die römischen Festungsmauern, die im Innern des Hotels „Präsident" besichtigt werden können. Sehenswert sind auch die vielen griechischen und römischen Exponate im archäologischen Museum der Stadt Mangalia, die von Münzen über tönernen Lämpchen bis hin zu kunstvollen Vasen und Steinhauerarbeiten reichen und den Besucher zu einer erlebnisreichen Zeitreise zurück in die Antike einlädt.

Die katholische und die orthodoxe Kirche sowie die Moschee Esmahan Sultan sind Zeugen der vielfältigen Kulturen, die Mangalia und die gesamte Region Dobrudscha in den folgenden Jahrhunderten geprägt haben. Besonders interessant ist der direkt neben der Moschee gelegene islamische Friedhof. Alte, teilweise umgestürzte Grabsteine und Grabplatten mit geheimnisvollen orientalischen Schriftzeichen erinnern an die Jahrhunderte, in denen die Schwarzmeerküste unter türkischem Protektorat stand.

An die türkische Zeit erinnern auch die beiden Moscheen in Constanza oder das Städtchen Babadag, das wir auf der Fahrt zu unserer Exkursion ins Donaudelta streiften. In Babadag gibt es auch heute noch einen hohen türkischen Bevölkerungsanteil und zahlreiche Moscheen. Persönlich besichtigen konnten wir die große Moschee von Constanza. Nicht enden wollende Wendeltreppen führen den Besucher hinauf zum Minarett. Ergreifend ist der Blick hinüber zur großen Kuppel mit dem Halbmond, herrlich bunt die Dächer, Straßen und Plätze der

Altstadt, bezaubernd der Blick auf die Küste und hinaus aufs Meer. Nebenan zeugen die katholische und die schöne orthodoxe Kirche „Peter und Paul" vom friedlichen Miteinander der Religionen und Kulturen im heutigen Rumänien. Auch eine jüdische Synagoge gibt es in Constanza, leider reichte unsere Zeit jedoch nicht zu einer Besichtigung.

Constanza ist nach Bukarest die zweitgrößte Stadt Rumäniens und zugleich der größte Industrie- und Militärhafen am Schwarzen Meer. Der öffentliche Nahverkehr in Rumänien ist nicht nur sehr preisgünstig, sondern auch recht gut ausgebaut, so dass wir während unseres Ferienaufenthalts zweimal mit dem staatlichen Bus nach Constanza fuhren. Constanza ist eine Stadt vielfältigster Kontraste: Realsozialistische Plattenbauten in den Außenbezirken, vom Verfall bedrohte Fassaden herrlicher Jugendstilhäuser aus dem frühen zwanzigsten Jahrhundert, monumentale Statuen des „sozialistischen Realismus", römische Mosaike und klassizistische Statuen - größer könnten die Widersprüche kaum sein. Dennoch verbindet sich das Sammelsurium der Gegensätze zu einem reizvollen Ganzen, das den Besucher sofort in seinen Bann zieht. Constanza ist eine wirklich interessante Stadt mit zahlreichen, teils überraschenden und oft verblüffenden Sehenswürdigkeiten. Im Zentrum der Stadt steht ein großer Platz, der so genannte „Piata Ovidiu": Eine Statue Ettore Ferraris aus der zweiten Hälfte des 19. Jahrhunderts erinnert an die Exiljahre, die der römische Dichter Publius Ovidius Naso hier zugebracht hatte. Auch das Standbild mit Romulus und Remus unter dem Wolf zeugt von römischen Tagen. Die Stadt ist auch bekannt für das Delfinarium und das Planetarium und verfügt zudem über ein naturhistorisches, ein archäologisches und ein Marinemuseum. Im Mosaikmuseum bestaunten wir das größte bekannte Mosaik der Welt. Das Museum für rumänische Volkskunst sollte man sich keinesfalls entgehen lassen. Es präsentiert einen plastischen Querschnitt durch die rumänische, aromunische und moldauische Kultur, Tradition und das kunsthandwerkliche Schaffen des 19. und 20. Jahrhunderts. Farbenfrohe Trachten, Brautkronen, schöne Stickereien und handgeknüpfte Teppiche stehen in Mittelpunkt der Ausstellung. Töpferkunst und schöne Holzschnitzarbeiten ergänzen die Sammlung traditioneller Volkskunst aus allen Regionen Rumäniens. Gerne nutzten wir die Gelegenheit, dort ein paar schöne kunsthandwerkliche Erinnerungsstücke zu günstigen Preisen zu kaufen.

Wer das Casino nicht gesehen hat, der war nicht in Constanza. Eingebettet zwischen Meer und malerischen Parkanlagen liegt das vom rumänischen Architekten Daniel Renard erbaute marmorne Casino, strahlend leuchtendes Prunkstück der Belle Époque. Direkt gegenüber erinnert ein Standbild an den rumänischen Dichterfürsten Mihail Eminescu. Unmittelbar dahinter steht ein zierliches altes Gebäude aus byzantinischer Zeit, der „Genueser Leuchtturm" aus dem 13. Jahrhundert. Genueser Händler bauten sich hier vor dem Einfall der Osmanen ihren Landungsplatz aus.

Im krassen Gegensatz zu dieser Vielfalt klassischer Schönheit stehen zahlreiche Monumente aus sozialistischen Tagen, allen voran die „Freiheitsstatue", ein überdimensionales Standbild mit einer sehr kräftig gebauten, finster und kriegerisch dreinblickenden Dame, die von der Bevölkerung schon zu Ceausescus Zeiten mit beißendem Spott überschüttet worden war.

Im Norden der Schwarzmeerküste befindet sich eines der schönsten Naturreservate Europas, das Donaudelta. Mit öffentlichen Transportmitteln ist Tulcea mit seinem Touristenhafen nur schwer zu erreichen. So buchten wir in einem kleinen Reisebüro in Mangalia eine organisierte Reise ins Delta. Auch ein dreigängiges Menü auf dem Schiff mit Fisch aus der Donau war Bestandteil unserer Exkursion. Mit unserem Kleintransporter erreichten wir am Samstagvormittag gegen elf Uhr den

Touristenhafen von Tulcea. Nach kurzem Warten ging es mit dem Boot hinaus ins Donaudelta. Nach etwa einer halben Stunde gelangten wir an einen Aussichtspunkt, von dem aus man mit bloßem Auge die ukrainische Stadt Ismail sehen konnte. Kurz danach bog unser Schiff in einen kleinen Seitenarm der Donau ab, der als besonders kostbares Vogelreservat gilt. Szenen von unbeschreiblicher Anmut boten sich unseren Augen: Kormorane, Reiher, Ibise, Eisvögel und viele andere gefiederte Schönheiten posierten von unseren Augen und Kameras. Wer ins Wasser blickte, konnte Aale auftauchen und kurz danach wieder verschwinden sehen.

Dass die Tage viel zu schnell vorübergingen, verwundert kaum. Am frühen Morgen des 20. Juli wurden wir in der Rezeption unsers Hotels von Stefan Baciu, dem Organisator unserer Reise und Redakteur der Sendung „Radio Tour" begrüßt und zum Kaffee eingeladen. Zusammen mit ihm und Chauffeur Marian machten wir uns auf den Weg zurück nach Bukarest. Vorher besuchten wir jedoch noch das verträumte Künstlerdorf Vama Veche an der Grenze zu Bulgarien und streiften fast alle Seebäder des schwarzen Meeres. Die Fahrt in die rumänische Hauptstadt war sehr kurzweilig. Es gibt unterwegs vieles zu sehen: Bunte Obststände mit herrlichen Pfirsichen und Aprikosen, altmodische Pferdefuhrwerke und natürlich die zahllosen, strahlend schönen Sonnenblumenfelder prägen das Bild einer endlos scheinenden Ebene.

Als wir am späteren Nachmittag in der deutschen Redaktion von Radio Rumänien International eintrafen, wurden wir schon von der Leiterin der deutschen Redaktion, Irina Adamescu sowie von Julianne Thois, Florin Lungu, Laurentiu Diaconu und Cornelia Stanciu erwartet. Ich bin noch heute von der herzlichen und liebenswürdigen Willkommensszene gerührt. Nachdem Frau Adamescu uns durch die Studios und Redaktionsräume von Radio Rumänien International geführt hatte, wurde meine aus den USA stammende Frau Linda von einer Mitarbeiterin des englischen Dienstes zu einem Interview eingeladen. Im Anschluss führte ich mit Frau Adamescu ein Gespräch, das für die Briefkastensendung aufgezeichnet wurde. Es ging darin vor allem um meine Eindrücke von der Reise, die Aktivitäten und Erlebnisse am schwarzen Meer und die persönlichen Empfindungen am Ende einer ereignisreichen Woche.

RRI – Mit Linda und Frau Adamescu im Studio

In einer anschließenden, knapp zweistündigen Stadtführung erklärte uns Laurentiu Diaconu sachkundig und amüsant viel Wissenswertes über Kultur, Religion sowie die alte und neue Geschichte der rumänischen Hauptstadt: Schmucke Altstadthäuser, sanierungsbedürftige Jugendstilfassaden und wunderschöne, meist orthodoxe Kirchenbauten erinnern an vergangene Zeiten und stehen in krassem Gegensatz zu der erbarmungslosen Kahlschlag-Baupolitik, die der einstige kommunistische Diktator betrieben hatte. Ein Fünftel des alten Stadtkerns wurde rücksichtslos abgerissen, darunter viele historisch bedeutenden Bauwerke. Seine eigene, ganz persönliche Hauptstadt ließ Ceausescu sich hier errichten. Krönung seiner geradezu größenwahnsinnigen Bauwut ist das monströse „Haus des Volkes", das drittgrößte Bauwerk der Welt nach der chinesischen Mauer und dem Pentagon.

Unsere Stadtrundfahrt endete vor einem besonders markanten Bukarester Bauwerk, dem pittoresken „Rumänischen Athenäum" (Ateneul Român) des Architekten Albert Galleron aus den achtziger Jahren des 19. Jahrhunderts. Eine Bronzestatue des Dichterfürsten Mihai Eminescu vor dem Portal bewacht das klassisch schöne Gebäude.

Zum Ausklang gab es ein Abendessen mit den Redaktionsmitgliedern in einem schmucken, traditionell rumänischen Restaurant in der Bukarester Innenstadt. Linda und ich verbrachten einen außerordentlich vergnüglichen Abend mit interessanten Gesprächen, feinem Essen und guter Laune in allerbester Gesellschaft. Die deutsche Redaktion von Radio Rumänien International zeigte sich als ein jugendlich frisches, weltoffenes und überaus liebenswertes Team. Wen wunderte es da, dass die deutschsprachigen Sendungen so lebendig und abwechslungsreich sind.

Abschied nehmen fällt immer besonders schwer, wenn man ein Stück seines Herzens zurücklassen muss. Was uns aber für das ganze Leben bleibt, das sind die unvergesslichen Eindrücke und Erinnerungen dieser sonnigen Tage, die Radio Rumänien International uns geschenkt hat.

Stimme der Türkei

„Vorteile einer türkischen EU-Mitgliedschaft für die Türkei und Europa"? Sollte das nicht eher „Vor- und Nachteile" lauten? So mein erster Gedanke nach der Bekanntgabe des neuen Themas für den Aufsatzwettbewerb von TRT, der Stimme der Türkei für das Jahr 2005. Dass viele deutschsprachige Hörer ähnlich dachten, schlug sich in der recht geringen Zahl der Beiträge nieder, die in der deutschsprachigen Redaktion zu diesem Thema eingegangen waren.

Nein, so einseitig konnte die TRT das dann doch nicht gemeint haben, dachte ich. Ich wollte es genau wissen. Eine EU-Mitgliedschaft bringt doch gewiss nicht nur Vor-, sondern auch eine ganze Reihe von Nachteilen für alle Beteiligten. Also machte ich mich daran, in diesem Sinne einen Beitrag für den Aufsatzwettbewerb der Stimme der Türkei zu verfassen. Bevor ich damit begann, das eigentliche Aufsatzthema auszuführen, versuchte ich erst einmal, die aus einer EU-Mitgliedschaft resultierenden Probleme und Nachteile herauszuarbeiten.

Ähnlich wie ich sahen dies anscheinend auch die Verantwortlichen bei der Stimme der Türkei. Am frühen Morgen des 25. Juli 2005 erreichte mich jedenfalls die ebenso unerwartete wie freudige Nachricht aus Ankara. Von Dr. Ufuk Geçim, der Leiterin der deutschen Redaktion der Stimme der Türkei, erfuhr ich, dass ich einer der Gewinner des diesjährigen Aufsatzwettbewerbs sei. Eine zweiwöchige Rundreise durch die Türkei wartete auf mich. Sieben weitere Preisträger aus Rumänien, Algerien, Turkmenistan, Aserbaidschan, Iran, Kasachstan und Pakistan sollten mich begleiten. Was ich zu diesem Zeitpunkt noch nicht ahnen konnte: Aus der zufälligen Begegnung von Menschen, die sich noch nie zuvor getroffen hatten, nur vereint durch die Verbundenheit mit TRT der Stimme der Türkei, sollten in Verlauf der Reise - trotz erheblicher sprachlicher Hürden – richtige Radiofreundschaften entstehen.

Nachdem ich alle Grenzkontrollen passiert hatte und wieder im Besitz meines Reisekoffers war, erwartete Hüsseyin Bol von der deutschen Redaktion der Stimme der Türkei mich bereits in der Empfangshalle des internationalen Istanbuler Flughafens. Mit einem klimatisierten Bus der TRT fuhren wir zu dem sehr schönen Hotel in der Istanbuler Innenstadt, in dem ich die folgenden drei Tage untergebracht war. Dort hatten sich bereits die Mitarbeiter der anderen Sprachredaktionen eingefunden. Auch Engin Asena, die damalige Chefin des Auslandsdienstes von TRT-Radio, vielen deutschen Hörern noch durch das beliebte DX-Programm gut bekannt, wartete dort und freute sich ganz offensichtlich sehr, mich persönlich kennenzulernen. Engin Asena war zusammen mit ihrem Stellvertreter Nurettin Turan mit der Organisation und Leitung der bevorstehenden Reise betraut - beide trugen mit großem Engagement zum guten Gelingen bei.

Dem magischen Zauber der Stadt am Bosporus kann man einfach nicht widerstehen: Insbesondere diesseits des Bosporus ist Istanbul ein echtes Juwel – wahrscheinlich eine der schönsten Städte, die ich je sah: Ein Märchen aus Stein, Blüten und Wasser, zugleich pulsierende Metropole zwischen den Kontinenten – historischer Glanz, jugendlich frische Schönheit und dynamische Geschäftigkeit reichen sich hier die Hand zu einer harmonischen Symbiose aus Geschichte und Gegenwart.

Zur Einstimmung besuchten wir „Miniatürk", ein Freilichtmuseum, in dem die spektakulärsten und bedeutendsten Bauwerke der heutigen Türkei sich in einem wunderschönen Modellpark zusammenfinden. Besonders sehenswert ist die berühmte Bosporusbrücke in Miniatur, vollständig zu Fuß begehbar.

Ein Traum aus 1001 Nacht ist die Sultan-Ahmed-Moschee, aufgrund ihrer blauen Kuppeln und der in Blautönen gehaltenen Malereien im Inneren des Bauwerks auch Blaue Moschee genannt. 1609 bis 1618 von Baumeister Mehmet für Sultan Ahmet I erbaut, ist sie eines der markantesten Beispiele islamischer Baukunst. Direkt gegenüber, hinter Palmen und zauberhaften Gartenanlagen erinnert prachtvoll die Hagia Sophia an längst vergangene Tage christlich abendländischer Kultur im einstigen Konstantinopel. Die Hagia Sophia stammt aus dem 6. Jahrhundert. Schon unter Kaiser Konstantin I, um 325, wurde mit dem Bau der ersten Kirche begonnen, die allerdings zweimal zerstört worden war. Kaiser Justinian ließ dann um das Jahr 530 die Hagia Sophia erbauen. Einst Krönungskirche der byzantinischen Kaiser, wurde die Hagia Sophia nach der osmanischen Eroberung zur Hauptmoschee der Osmanen; seit 1934 war sie ein Museum, unter der Herrschaft von Recep Tayyip Erdoğan wurde sie nun aber wieder zu einer Moschee umfunktioniert. Sie ist die älteste Zeugin byzantinischer Kuppelkirchenarchitektur und war bis zum Bau des Petersdoms in Rom die größte Kirche der Welt. Besonders beeindruckend sind die noch immer sehr gut erhaltenen Malereien und Mosaike aus christlicher Zeit. Mittelpunkt der Hagia Sophia ist deren mächtige Kuppel. Die vier Minarette entstammen der osmanischen Epoche.

Direkt daneben befindet sich der Topkapı-Palast. Mit seinen Sammlungen von Porzellan, Handschriften, Portraits, Gewändern, Juwelen und Waffen aus dem osmanischen Reich ist er eine der kostbarsten Schatzkammern der Welt und zugleich Ausdruck des unermesslichen Reichtums der Sultane. Kurz nach der Eroberung Konstantinopels unter Sultan Mehmed II errichtet, war der Topkapı-Palast Jahrhunderte lang Wohn- und Regierungssitz der Sultane und zugleich Verwaltungszentrum des Osmanischen Reiches. Er ist in vier Höfe unterteilt, von denen der erste als Dienstleistungs-, der zweite als politisches Zentrum diente. Im dritten Hof befanden sich der Thronsaal für Empfänge der höchsten Staatsbediensteten sowie der Harem - Privatgemach des Sultans und seiner bis zu 2000 Frauen. Im vierten schließlich kann man durch prächtige Gärten und liebevoll gepflegte Parkanlagen flanieren.

TRT – die Stimme der Türkei: Mit den Preisträgern in Istanbul

Bei strahlendem Sonnenschein spiegelten sich im Wasser die malerischen Silhouetten der Gärten des Dolmabahçe-Palastes. Das direkt am Bosporus gelegene Prunkgebäude erinnert an den Stil europäischer Barockschlösser. Der Mitte des 19. Jahrhunderts fertiggestellte Palast war nicht nur die Sultan-Residenz, sondern auch die letzte Wohnstätte Mustafa Kemal Atatürks. Besonders erstaunlich an dem Bauwerk ist das vollständige Fehlen von Fluren oder Korridoren. Das geniale architektonische Konzept lässt die prachtvollen Räume direkt in einander übergehen. Einzige Ausnahme bilden erwartungsgemäß die Privaträume des Sultans mit ihrem Harem, die nur über einen langen Flur erreichbar sind. Reiche Stuck- und Goldornamente zieren die Decken, kostbare Gemälde, Skulpturen und herrliche Beleuchtung, darunter der mit 4,5 Tonnen Gesamtgewicht größte Kronleuchter der Welt, schmücken den prachtvollen Bau.

Eine eindringlich mystische Atmosphäre herrscht in der 542 n. Chr. von Kaiser Justinian erbauten, unterirdischen Zisterne. Die beleuchteten, sich im Wasser spiegelnden Säulen, Bögen und Skulpturen entführen die Besucher in eine versunkene Welt aus längst vergangenen Zeiten. Die fast 9000 m² große Anlage diente über die Jahrhunderte der Wasserversorgung des ganzen Viertels einschließlich Topkapı-Palast und Hagia Sophia.

Wunderbar orientalisch wirkt der bedeckte Basar, der mich mit einer schier unbeschreiblichen Fülle an Farben, Düften und Tönen regelrecht überwältigte. Über 4000 Geschäfte bieten dem Besucher ein kaum überschaubares Angebot an Produkten aller Art - vom einfachen Reiseandenken bis hin zu schönen kunsthandwerklichen Arbeiten. Ein besonders sehenswerter Teil des bedeckten Basars ist der sogenannte „ägyptische Basar" mit allen Süßigkeiten und Gewürzen, die der Orient zu bieten hat.

Auf dem Programm standen auch Spaziergänge in der Istanbuler Altstadt, eine Panorama-Schifffahrt am Bosporus, fröhliche Tanzabende und der Besuch gemütlicher Teestuben oder Restaurants.

Die Istanbuler Tage vergingen wie im Flug. Auch die kulinarische Seite so einer Reise kam nicht zu kurz. In traditionellen Restaurants der Istanbuler Innenstadt und einem romantisch beleuchteten Fischlokal am Bosporus erlebten wir die türkische Küche von ihrer schönsten Seite. Dazu passend tranken wir nicht nur Wasser, sondern probierten auch Efes, das bekanntester türkische Bier wie auch Rakı, das türkische Nationalgetränk. Rakı ist ein klarer Schnaps, der fein nach Anis duftet und sich durch Hinzufügen von Wasser und Eiswürfeln milchig weiß färbt.

Die Fahrt mit Bus und Fähre von Istanbul nach Izmir dauert ungefähr 11 Stunden. Sanft wehte der kühlende Wind über das ägäische Meer, als wir am Mittwoch gegen Abend unser nächstes Ziel erreichten. Bei klarem Himmel konnte man am Horizont bis nach Griechenland sehen. Im direkt am Hafen gelegenen Hotel wartete Handan Saryhan von der deutschen Redaktion der Stimme der Türkei bereits auf mich. Ihre Aufgabe war es, mich bis zurück nach Ankara zu begleiten, für mich zu übersetzen und meine vielen Fragen so gut wie möglich zu beantworten. Hüsseyin Bol war zwischenzeitlich von Istanbul aus in die türkische Hauptstadt Ankara zurückgekehrt.

Izmir ist eine sehr moderne, pulsierende Stadt. Nach dem Abendessen besuchte ich zusammen mit Handan eine Bar mit Live-Musik. Eine sehr talentierte Sängerin sorgte für ausgelassene Stimmung und lud mit ihrem temperamentvollen Vortrag zum Tanz ein.

Am folgenden Morgen brachte uns unser TRT-Bus zuerst zum nah gelegenen Haus der Jungfrau Maria. Bei diesem Marienheiligtum handelt es sich um ein restauriertes byzantinisches Kirchen- oder Klostergebäude, das von Pilgern und Gläubigen als zeitweiliger Wohnort und mögliches Sterbehaus der Mutter Jesu betrachtet wird. Es liegt etwa 7 km südwestlich der modernen Stadt Selçuk in 380 m Höhe auf dem Westabhang des Ala Dağı. Die Anlage wirkt wie ein Park und dem Besucher bietet sich eine üppige Aussicht bis hinab auf das Ägäische Meer. Die Wurzeln der Wallfahrtsstätte findet man beim deutschen Dichter Clemens Brentano. In seiner Erzählung „Das Leben der heiligen Jungfrau Maria" berichtet er über Marias Tod bei Ephesus. Grundlage seiner Arbeit waren die Visionen der Anna Katharina Emmerick, nach denen der Apostel Johannes mit Maria nach Ephesus gezogen war. Gemeinsam mit ihm habe sie in einem ein Haus gewohnt, „von dem aus man auf das Meer sehe", heißt es dort. An dieser Stelle sei die heilige Maria auch begraben worden - und der Tag werde kommen, an dem man auch das Grab findet.

Weiter ging es dann nach Efes, dem einstigen Ephesus. Schon Heraklit widmete seine philosophische Abhandlung über die Natur der Göttin Artemis von Ephesos. Das um 100 v. Chr. gegründete Ephesus bietet auch heute noch einen dreidimendionalen Einblick in das Leben der Antike. Theater, luxuriöse Badeanlagen und Bibliothek zeugen von einem über 1000 Jahre während Wohlstand der Stadt. In der Blütezeit lebten über 200.000 Menschen an diesem Ort. Kunstvolle Fresken, elegante Säulen, kostbare Mosaike und vor allem das grandiose Amphitheater erfüllten mich mit großer Ehrfurcht vor den beeindruckenden Leistungen einer vor langer Zeit schon untergegangenen Kultur.

Auf der Rückfahrt von Efes nach Izmir machten wir Station in Şirince, einem ehemals von Griechen bewohnten Dorf, das heute überwiegend vom Tourismus, der Weinproduktion und der Schmuckherstellung lebt. Ein herrlicher Blick über das Dorf und die romantische Landschaft breitet sich vor den Besuchern der griechisch-orthodoxen Kirche aus, die einst von den Griechen fast auf dem höchsten Punkt des Dorfes errichtet worden war. Zum Mittagessen in einer gemütlichen Taverne servierte man uns selbst gekelterten Wein. Anschließend erkundeten wir das charmante Dorf und nutzten die Gelegenheit zum Kauf schöner kunsthandwerklicher Dinge wie Töpferwaren oder Schmuck. Unvergleichlich lecker waren die Pfirsiche und Feigen, die überall zum Kauf angeboten wurden.

Auf dem Weg nach Antalya machten wir erst einmal Station in Pamukkale. Zum Bad in den Themen, die einst schon Kleopatra

besucht haben soll, reichte leider die Zeit nicht aus. Die Sinter-
terrassen, Weltkulturerbe der UNESCO, gelten als geologisches
Wunder. Fast wie durch Schnee und Eis steigt man barfuß
durch die warmen Bäche und Becken hinunter in einen Traum
aus Sonne, Wasser und blendend weiße Kalksteinformationen.

Unbeschreiblich malerisch ist der Blick von der durch Berge,
Felsen und Schluchten geprägten Landschaft hinunter auf das
Taurusgebirge, Antalya und das glitzernde Blau des Mittelmee-
res.

Die TRT verfügt in Antalya über ein direkt am Meer gelegenes
Feriendorf, in dem wir für die folgenden drei Tage untergebracht waren. Baden im Meer, Tanzen in Strandbars, Ausflüge
und gutes Essen – unter diesem Motto vergingen sonnige, un-
beschwerte Tage im wohl beliebtesten Ferienort der Türkei.

In Antalya betreibt die TRT einen mehrsprachigen Rundfunksender für die Touristen. Auf UKW 92,1 MHz ist man in der
Mittelmeerregion in sechs verschiedenen Sprachen zu empfangen – darunter auch Deutsch. Das Programm besteht im Wesentlichen aus internationaler Pop- und Unterhaltungsmusik,
Live-Interviews und Informationen zu Wetter, Kultur und aktuellen Ereignissen der Region. Die mehrsprachigen Nachrichten werden zentral in Ankara produziert und von dort aus live
übertragen. Die deutsche Redaktion besteht aus zwei Mitarbeiterinnen, die sich die Arbeitsschichten teilen. Ich wurde sehr lie-
benswürdig vom Direktor persönlich begrüßt, zu Tee und Eis-
creme eingeladen und durfte anschließend für die deutschsprachigen Zuhörer ein Live-Interview geben, in dem ich zum Aufsatzwettbewerb, meinen Einschätzungen eines möglichen türkischen EU-Beitritts sowie zu meinen bisherigen Reiseeindrü-
cken befragt wurde.

101

Sehenswert sind der Hafen und die Altstadt von Antalya mit ihren engen Gassen, bunten Geschäften und vielen Einkaufsmöglichkeiten. Nicht zu vergessen die schönen Ausflüge zu zwei Wasserfällen der dortigen Region.

Beeindruckend, wenn auch nicht mit Ephesus vergleichbar, sind auch die Ruinen des im 11. vorchristlichen Jahrhundert gegründeten Perge, dem einstigen Hauptquartier Alexanders des Großen. Perge, die Geburtsstadt des Mathematikers Apollonios von Perge, war neben Side die wichtigste Stadt in Pamphylien. Barnabas und auch der Apostel Paulus kamen auf ihrer ersten Missionsreise nach Perge. Die noch verbliebenen Ruinen geben bis heute einen plastischen Eindruck von einer Stadtanlage der späthellenistisch-römischen Zeit. Herausragend sind die beiden runden Bastionen mit der sich dahinter anschließenden breiten Straße. Sehr gut erhalten ist aber auch noch eine Vielzahl schöner Säulenreihen und Podeste.

Direkt im Anschluss daran besichtigten wir in Aspendos eines der vermutlich am besten erhaltenen Amphitheater der Antike, in dem auch heute noch spektakuläre Theaterinszenierungen zur Aufführung gelangen. Auch Luciano Pavarotti und José Carreras sind dort schon aufgetreten. Während unseres Besuchs wurde gerade die Kulisse zu Verdis „La Traviata" aufgebaut. Vom höchsten Punkt aus hat man sowohl einen Überblick über das riesige Bauwerk, als auch eine einzigartige Panoramaansicht der malerischen Landschaft von Aspendos.

Trotz der reichen Natur- und Kulturerlebnisse dieser Tage blieb auch noch reichlich Zeit zum Baden im Meer, zum fröhlichen Beisammensein am Strand, zum Plaudern und zum Tanz.

Auf mich wartete in Antalya noch eine ganz besondere Überraschung. Dr. Ufuk Geçim, die Leiterin der deutschsprachigen

Redaktion der Stimme der Türkei war extra, um mich persönlich kennen zu lernen, einen Tag früher als geplant nach Antalya gereist, wo sie Ihren Urlaub verbringen wollte. Als Redakteurin der wöchentlichen Briefkastensendung ist Ufuk bei vielen Hörern seit Jahren bekannt und überaus beliebt. Jugendlich charmant, weltoffen und gebildet, war sie auch an diesem Abend in Antalya eine großartige Gesprächspartnerin. Die vergnüglichen Stunden bei einem kleinen Imbiss in einer Bar am Strand mit anschließendem Spaziergang vergingen schnell. Für mich bleibt dieser Abend der Höhepunkt meiner Reise und für alle Zeiten unvergesslich.

Auf der Weiterfahrt nach Kappadokien machten wir Station in der Stadt Konya, einst religiöses Zentrum des osmanischen Reiches. Dort besichtigten wir das Mausoleum von Mevlana Dschalal ad-Din Rumi, dem Begründer des Mevlevi-Ordens, welches heute ein Museum ist. Mevlana war ein bedeutender Vertreter des Sufismus, des islamischen mystischen Denkens. „Mevlana" bedeutet „Unser Meister". Der Sufismus ist die Botschaft der Liebe, der Harmonie und der Schönheit. Im Zentrum des sufistischen Denkens steht die Liebe im Sinne einer tiefen Hinwendung zu Gott. Die Rose als immer wieder kehrendes sufistisches Symbol bezeichnet die Stufen hin zum Ziel: Die Dornen symbolisieren das Gesetz, der Stängel den Weg, die Blüte die Wahrheit und der Duft die Erkenntnis. Kennzeichnend für den Sufismus ist eine mystische Ausprägung von Lyrik, Geschichten, Musik und Tanz.

Den so genannten Derwisch-Tanz durften wir noch am selben Abend bei einer öffentlichen Aufführung in einem stimmungsvollen unterirdischen Restaurant in Kappadokien erleben. Dazu Volkstanz-Vorführungen, Bauchtanz, moderner Tanz und Walzer - nahezu alles mit Publikumsbeteiligung. Natürlich kam auch das leibliche Wohl keineswegs zu kurz: Delikate

Vorspeisen, Böreği und Lammtopf, dazu Wein aus der Region. Kappadokien gilt als das beste Weinanbaugebiet der Türkei.

Von geradezu atemberaubender Schönheit ist die Landschaft Kappadokiens. Nie zuvor sah ich einen solch märchenhaft anmutenden, geheimnisvollen, fast magischen Ort. An überdimensionale Pilze oder weit in den Himmel ragende Finger erinnern die Felsen, wie Bienenwaben erscheinen die vielen in den Tuffstein gehauenen Wohnräume, Kirchen und Kapellen. „Feenkamine" nennt man die einzigartigen Gesteinsformationen, die über zigtausende von Jahren von Wasser, Wind und Erosion zu ihrer heutigen Form „modelliert" wurden. Viele unterirdische Städte entstanden bereits vor der Zeitenwende. Christen des zweiten Jahrhunderts versteckten sich in den von Ihnen erweiterten Höhlen und unterirdischen Städten vor ihren Verfolgern. Kappadokien steht zu Recht auf der UNESCO-Liste des Weltkulturerbes – kein Buch, kein Bild und keine Beschreibung kann auch nur im Entferntesten meine Gefühle für Kappadokien wiedergeben.

Letzte Station unserer Reise war Ankara. Am Abend des 14. September erreichten wir mit unserem Bus die türkische Hauptstadt. Ankara ist eine moderne Großstadt mit vielen Geschäftsstraßen, Einkaufszentren, Botschaftsgebäuden und Parks.

Das Atatürk-Mausoleum ist sicherlich das bedeutendste und beeindruckendste Gebäude. Gute zwei bis drei Stunden Zeit sollte der Besucher mindestens investieren, um einen ersten Einblick in Leben und Werk des großen Staatsmanns und Gründers der modernen Türkei zu erhalten. Jülide Ayik von der deutschen Sprachredaktion der Stimme der Türkei war eine ausgezeichnete Fremdenführerin. Sie bezauberte mich mit ihrer Fröhlichkeit und ihrem Charme, der den Hörern der damaligen TRT-Live-Sendung sicher noch gut in Erinnerung ist. Zugleich überraschte sie mich mit echt fundierter Sachkenntnis und umfassendem Wissen über das Leben und das Werk Mustafa Kemal Paschas, den die Türken liebevoll Atatürk (Vater aller Türken) nennen. Eine fast unüberschaubare Fülle von Bildern, Texten, Dokumenten und persönlichen Reminiszenzen veranschaulicht sowohl den Individualismus, als auch die Lebensleistung des Gründers der modernen Türkei.

Mit Jülide Ayik im Studio in Ankara

Wir waren sehr komfortabel im Gästehaus von TRT untergebracht, das direkt mit den Redaktionsräumen und Sendestudios von TRT-Radio und TRT-Fernsehen verbunden ist. Hier konnten wir uns innerhalb des riesigen Gebäudes völlig frei bewegen, mit den Mitarbeitern sprechen, verschiedene Redaktionen besuchen und am alltäglichen Arbeitsablauf im Radio und Fernsehen teilhaben. Nachdem Jülide Ayik mir nach einem ersten Abendessen in der TRT-Kantine die Räumlichkeiten der deutschen Redaktion gezeigt hatte, begleitete ich sie ins Sendestudio, wo sie zusammen mit den Kollegen der englischen, französischen, spanischen, griechischen und russischen Redaktion die

Live-Nachrichten für den TRT-Tourismussender in Antalya sprechen musste.

Am zweiten Tag bei TRT lernte ich auch die übrigen Redakteure der damaligen deutschen Redaktion, Hakan Ören und Firat Isbir kennen. Alle waren sehr liebenswert und nett zu mir und ich fühlte mich auch bei ihnen wie in eine Familie aufgenommen. Natürlich schaute ich auch immer wieder bei den Mitarbeitern der anderen Fremdsprachenredaktionen vorbei, die ich während meiner Reise kennen lernen durfte. Besonders gut verstand ich mich mit Kamuran Baban vom arabischen Dienst, Imran Uppal von der Urdu- und Ainur Mayemerova von der kasachischen Redaktion.

Nach einem Interview mit Engin Asena für die DX-Sendung nahm ich auch an den Live-Sendungen der deutschen und englischen Redaktion teil. Ein weiterer wichtiger Programmpunkt war der Empfang beim damals amtierenden Generaldirektor der TRT sowie dem Chef von TRT-Radio. Die acht Preisträger durften ihre Eindrücke schildern und es war auch Raum für persönliche Gespräche. Als besondere Auszeichnung wurde jedem Gewinner ein großes Portrait Mustafa Kemal Atatürks in einem antik anmutenden Holzrahmen überreicht.

Auch in Ankara kam das Vergnügen nicht zu kurz. Am letzten Abend wurden wir noch einmal zu traditionellem Essen eingeladen. Uns zu Ehren spielte sogar ein Trio auf, das unser Essen mit klassischer türkischer Musik begleitete. Es hielt die meisten Gäste nicht lange auf ihren Stühlen, aber trotz Musik und Tanz war die Stimmung angesichts des nahenden Abschieds etwas verhalten. Abschied nehmen ist nach solch erfüllten Tagen nie leicht. Es bleiben viele wundervolle Erinnerungen an das Erlebte, an die einzigartige Schönheit des Landes und die liebenswerten Begleiter von der Stimme der Türkei.

RTI - 20 Jahre Deutsch aus Taipei

„Da musst Du Dich bewerben!", sagte ich mir, als Herr Lin, der damalige Intendant von Radio Taiwan International anlässlich der Gründung des RTI-Hörerklubs Ottenau im Mai 2006 ankündigte, dass die Station zum zwanzigsten Geburtstag der deutschen Redaktion fünf bis zehn Hörer nach Taiwan einladen möchte.

„Herzlich willkommen in Taiwan…" – mit diesen Worten begann dann auch die E-Mail, mit der Chiu Bihui, die Leiterin der deutschsprachigen Abteilung von RTI nur wenige Tage später auf mein Bewerbungsschreiben reagierte.

Nach Wochen der Vorfreude und Vorbereitung war es am 7. Oktober 2006 dann soweit. Sarah Röhlig, die neue Praktikantin von RTI holte mich zusammen mit drei weiteren Gästen vom Internationalen Flughafen in Taipei ab und brachte uns zu unserem komfortablen, zentral gelegenen Hotel - mitten in der Taiwanischen Hauptstadt. Dort warteten bereits sechs weitere RTI-Hörer, die schon zwei Tage vorher angereist waren, auf uns, darunter auch bekannte Kurzwellenhörer wie Eric Oeffinger oder der viel zu früh verstorbene Fritz Andorf. Ich freute mich ganz besonders, die Redaktionsleiterin Chiu Bihui wiederzusehen, die schon wenige Augenblicke nach uns im Hotel eintraf und die Neuankömmlinge sogleich zum gemeinsamen Frühstück einlud. Natürlich ließ ich es mir nicht nehmen, ein traditionell chinesisches Frühstück mit Suppe und anderen gekochten Delikatessen zu bestellen.

Uta Rindfleisch, die Dienstälteste unter den Mitarbeiterinnen der deutschen Redaktion von RTI, wartete bereits auf uns, als wir fröhlich plaudernd in den Empfangssaal unseres Hotels zurückkehrten. Sie sollte uns am ersten Tag unserer fünftägigen

Reise betreuen und uns einen ersten Eindruck von Kultur, Geschichte und Leben in Taipei vermitteln. Die langjährige Redakteurin der Sendung „Reise durch Taiwan" war eine ausgezeichnete Reiseführerin, die uns mit großer Sachkenntnis bedeutende touristische Sehenswürdigkeiten zeigte und ebenso geduldig wie fundiert all unsere Fragen beantwortete.

Chiu Bihui in der Sendeanlage in Minxiong

Das in der Qing-Dynastie um ca. 1790 erbaute „Alte Lin-An-Tai-Haus" ist ein besonders beeindruckendes Denkmal aus der kulturellen Vergangenheit Taiwans. Im Rahmen eines Stadterneuerungsplans sollte das ursprünglich an der Shihwei-Straße im Osten Taipeis stehende Gehöft wegen einer Straßenverbreiterung abgerissen werden. Im Oktober 1977 erreichte jedoch eine örtliche Denkmalschutzinitiative die Bewahrung dieses kostbaren Kulturgutes. Sie erwirkte, dass sämtliche Bauwerke fachmännisch ab- und im Pingchiang-Park wieder aufgebaut wurden, wo sie nun von kulturell interessierten Besuchern Taipeis wieder besichtigt werden können.

Der Konfuzius-Tempel in der Talung-Straße wurde zu Ehren des bedeutenden Philosophen und Lehrers Konfuzius erbaut. Bescheidenheit und Schlichtheit, Kernforderungen konfuzianischen Denkens, sollten wie ein Leitmotiv alle Bereiche des in seinem Namen errichteten Tempels durchziehen. Umso mehr erstaunen den westlichen Besucher die zahlreichen Verzierungen und die liebevollen Malereien und Schnitzereien der Gedenkstätte. In der Tacheng-Halle befindet sich der sogenannte „Balken zum Verstecken von Büchern", der an den ersten Kaiser den Chin-Dynastie erinnert, welcher in der Bildung seines Volkes eine Gefahr erblickte und Bücher verbrennen und Gelehrte töten ließ. Um die Bücher zu retten, versteckte man diese zu jener Zeit im Dach des Hauses. Die „Liebe der Menschen zur Bildung und zur Weisheit" symbolisieren auch die Darstellungen von Eulen auf der Vorderseite des Tempeldaches. Sehr sehenswert sind zudem die Gartenanlagen des Tempels mit ihren jahrhundertealten, tropischen Bäumen.

Der Mon-Jia Long Shan Tempel, auf Deutsch „Drachenbergtempel", zieht den Besucher hinein in die mystische und entrückte Welt buddhistischer Philosophie und Religion. Gläubige opfern Blumen, Obst und Früchte, Lebensmittel und Räucherstäbchen, befragen Orakelstäbe und hölzerne Halbmonde nach Schicksal und Zukunft, beten und bitten die göttlichen Instanzen um Hilfe und Beistand für Leben und Zukunft. Der Tempel ist ca. 1600 m² groß, sein Grundriss ist dem "回"-Zeichen nachempfunden, mit einer Haupthalle im Zentrum des viereckigen Innenhofs, traditionell an die Palastform angelehnt und aus Vor-, Haupt- und hinterer Halle bestehend. Während Uta Rindfleisch uns die Bedeutung und die Funktion der hölzernen Stäbe und Halbmonde erklärte, konnten wir junge Chinesinnen bei der Befragung dieser Orakel beobachten.

109

Nach dem Mittagessen stand ein Besuch der RTI-Sendeanlagen von Tamshui auf dem Programm, wo sich auch ein 300-KW-Kurzwellensender befindet, der für die Versorgung des gesamten asiatischen Raumes eingesetzt wird.

Die Besichtigung des Forts San Domingo in Nordwesttaiwan bildete den imposanten Abschluss des ersten Tages unserer Reise. 1629 von den Spaniern erbaut und 1642 von den Holländern übernommen, gelangte die Festungsanlage im Jahr 1683 unter chinesische Kontrolle, bis sie in Folge des Opiumkrieges 1868 in die Hände der britischen Besatzungsmacht überging. Die Briten bauten das Gebäude zum Handelskontor aus, ersetzten die weiße Fassade durch das heutige Rot und errichteten zusätzlich die prächtige Konsularresidenz. Erst nach Abbruch der diplomatischen Beziehungen Großbritanniens zu Taiwan im Jahr 1972 gelangten die Gebäude unter taiwanische Kontrolle, wo sie als Museum jedermann zugänglich gemacht wurden.

Der zweite Tag unserer Reise stand ganz im Zeichen des zwanzigsten Jubiläums der deutschen Redaktion von RTI. Um 10.00 Uhr morgens begannen die offiziellen Feierlichkeiten, die Chiu Bihui mit einem Rückblick auf die Geschichte der deutschen Programme aus Taipei eröffnete. Nach Ansprachen des neuen RTI-Intendanten Cheng Yu, einer Präsentation mit Grußworten deutscher Hörer sowie des taiwanischen Vertreters in Berlin und der Begrüßung der eingeladenen deutschen Gäste gab es bei kaltem Buffet und Erfrischungsgetränken vielfältige Möglichkeiten zu Begegnungen mit allen Mitarbeitern des Senders. Es war schön, Wayne Wang, den stellvertretenden Programmdirektor von RTI wiederzusehen, mit dem ich schon auf dem letzten SWLCS-Hörertreffen in Ottenau sehr nette Gespräche geführt hatte. Besonders habe ich mich gefreut, endlich einmal Bifan persönlich kennen zu lernen, die vielen RTI-Hörern auch heute noch durch den Gruß „herzliche Grüße, Ihre Bifan" auf den RTI-QSL-Karten bekannt sein dürfte.

Auf dem Programm stand auch eine sehr umfangreiche Ausstellung von Empfangsberichten, QSL-Karten und Wimpeln sowie Bildern und Presseberichten von Hörertreffen und wichtigen Ereignissen der vergangenen 20 Jahre. Die Firma Sangean präsentierte ihre neuesten Kurzwellenempfänger - darunter auch ihren ersten DRM-Receiver – der aber letztlich nie bis hin zur Marktreife entwickelt worden ist. Taiwanische Amateurfunker unterhielten sich mit Funkern aus der ganzen Welt.

Es war ein wirklich heiteres Fest - eine zugleich feierliche wie auch fröhliche Atmosphäre: Ein Ort der Begegnung und gleichermaßen eine farbenfrohe Geburtstagsfeier.

Das Mittagessen mit dem RTI-Intendanten ließ für Freunde der chinesischen Küche kaum Wünsche offen. Unsere Reise nach Taiwan war auch Gourmet-Reise durch die vielfältige und köstliche taiwanische Küche, die naturgemäß stark von Fisch und Meeresfrüchten geprägt ist. Hou Guo, Garnelen, gedünsteter Seefisch, herrliche exotische Obstschalen – es war ein wirklich lukullisches Ereignis, den Gaumen mit all den schmackhaften Delikatessen der südchinesisch-taiwanischen Küche kitzeln zu lassen.

Nach einer Diskussionsrunde mit dem Programmdirektor von RTI, in der es um Empfangsbedingungen und Programmschwerpunkte sowie um Verbesserungsmöglichkeiten ging, warteten Shirley Lin und Natalie Tso von der englischen Redaktion auf mich, um ein Interview für die beliebte Rubrik „Global Exchange" mit mir zusammmen aufzunehmen. Ich höre auch die Sendung „We've got mail" des englischen Dienstes von RTI seit vielen Jahren sehr gerne und es hat mich sehr gefreut, die beiden charmanten Moderatorinnen endlich einmal persönlich kennen zu lernen.

Anschließend stand ein Besuch von „Taipei 101", des damals noch höchsten Gebäudes der Welt auf dem Programm. Wie Spielzeuge wirkten die Autos und die vielen kleineren Häuser aus ca. 500 Metern Höhe, herrlich bunt das nicht enden wollende Lichtermeer des abendlich beleuchteten Taipeis.

Nach einem gemütlichen Abendessen in einem traditionellen Restaurant besuchten wir zu später Stunde noch den „Shilin"-Nachtmarkt, den ältesten und traditionsreichsten Nachtmarkt der Insel. Von Tofu- und Bäcker-Ständen über Plastikspielzeug und Kunsthandwerk bis hin zu lebenden Hunden und Katzen ist so gut wie alles vertreten, was man sich nur Denken kann – bis in den frühen Morgen hinein.

Der 3. Oktober ist Taiwans Nationalfeiertag. Während sich auf den Straßen zahllose in demonstratives „Rot" gekleidete Menschen zu den angekündigten friedlichen Protesten gegen die damalige taiwanische Regierung zusammenfanden, machten wir uns auf den Weg ins Palastmuseum von Taipei, wo uns Lili Jo, die damals die Sendung „Reise durch Taiwan" gestaltet und moderiert hatte, zu einer zweistündigen Reise durch die Kulturgeschichte des chinesischen Kaiserreichs begrüßte. Unschätzbar wertvolle und unbeschreiblich schöne Kunstschätze, kaum vorstellbare kunsthandwerkliche Leistungen aus mehr als 2000 Jahren Menschheitsgeschichte gewähren dort einen einzigartigen Einblick in die Errungenschaften der unvergleichlichen chinesischen Kultur und Zivilisation.

Die Fahrt im Kleinbus nach Minxiong in Mittel-Taiwan führte uns durch malerische Berge, Obstplantagen, ausgetrocknete Flussbette und Kleinstädte. Nach Süden hin öffnet sich die

Landschaft zu einer weiten Ebene mit Palmen, Zuckerrohrfeldern und Bananenplantagen. Zu unserer Begrüßung hatten die RTI-Stationsmanager schon den Eingangsbereich wunderschön mit Blumenornamenten geschmückt. Der gesamte Gartenbereich und die Hallen des Senders waren ebenfalls mit bunt blühenden Bouquets verziert. Bei strahlendem Sonnenschein und sommerlichen Temperaturen herrschte eine wahrhaft festliche Atmosphäre.

In der Sendestation Minxiong befindet sich auch das nationale Radiomuseum Taiwans. Grund der Feierlichkeiten war die Eröffnung der QSL-Kartenausstellung, die wir schon in Taipei besichtigt hatten. Nach künstlerischen Vorführungen und feierlichen Ansprachen, in denen auch Chiu Bihui alle deutschen Gäste persönlich vorstellte, bestand die Möglichkeit, die Ausstellung und die Sendeanlagen zu besichtigen. Zufällig befand sich zu diesem Zeitpunkt ein deutscher Techniker vor Ort, der gerade damit beschäftigt war, einen neuen DRM-Kurzwellensender zu installieren. Natürlich nutzten wir die Gelegenheit, uns die neueste Technik erklären zu lassen. Leider kommt diese Technik nicht mehr zum Einsatz – so wie DRM sich leider nur in ganz wenigen Ländern etablieren ließ. Ein Positivbeispiel wäre Indien, wo DRM inzwischen in größerem Umfang eingesetzt wird.

Auch das Buffet mit süßen und deftigen Leckereien der Region soll nicht vergessen werden. Besondere Freude hatten die Gäste ganz offensichtlich an den verschiedenen „Mondkuchen", die in der Volksrepublik China und Taiwan vor allem vor und während des Mondfests angeboten werden.

Zum Ausklang des Tages durften wir noch eine Kalligraphie-Ausstellung besuchen, bei der man extra für uns die Öffnungszeit verlängert hatte. Einer der deutschen RTI-Gäste hatte vor einigen Jahren in Taiwan Kalligraphie studiert. Er überraschte uns mit profundem Fachwissen und erklärte uns die verschiedenen Techniken dieser alten chinesischen Kunst. Die Schönheit der Schrift in Einheit mit den recht tief gehenden Erläuterungen gewährten uns einen opulenten Einblick in die zeitgenössische Entwicklung dieser alten chinesische Kunstform.

Tainan hieß die nächste Station unserer Reise. Leider war die 31-m-Band-Frequenz, über die RTI aus Tainan direkt zu empfangen war, wenige Monate vor unserem Besuch abgeschaltet worden. Chiu Bihui versprach uns allerdings, eine Reaktivierung zumindest anzuregen – was leider bis heute ganz ohne den erhofften Erfolg geblieben ist.

Nach der Besichtigung der Sendeanlagen fuhren wir hinaus an die Küste, wo sich ein natürliches Biotop befand, in dem u.a. die seltenen schwarzgesichtigen Löffelreiher nisten. Ein Fachmann erläuterte uns vor Ort die Besonderheiten dieser Spezies anhand einer Schautafel. Am 28. Dezember 2009 wurde der Tainang National Park, der sich über Teile des Annan-Bezirks der Stadt Tainan und der Gemeinde Qigu im Landkreis Tainan erstreckt, als achter Nationalpark der Republik China offiziell eingeweiht. Schwarzgesichtige Löffelreiher sind die seltenste der sechs Löffelreiher-Arten der Welt, und weltweit gibt es von diesen Zugvögeln nicht mehr als gut 2000 Exemplare. Jeden Herbst fliegen sie aus kälteren Zonen in Korea, Japan und Festlandchina nach Taiwan und bleiben von Oktober bis März im Jahr darauf in Qigu. In mancher Weise ist der Nationalpark die Verkörperung des wachsenden Bewusstseins in der einheimischen Bevölkerung für die natürliche Umwelt. Man sagt in Taiwan, dass das Taijiang-Gebiet wegen seiner gut erhaltenen Feuchtgebiete und der historischen Bedeutung ein immer schärferes Profil gewinnen werde. Leider konnten wir keines dieser nachtaktiven Tiere direkt sehen. Trotzdem brachten die tiefe Gelassenheit und die außergewöhnliche Stille dieses Ortes die Seele zum Leuchten.

In Tainan besuchten wir auch den Konfuzius-Tempel, die historische niederländische Festungsanlage und eine ehemalige deutsche Handelsniederlassung.

Der Konfuzius-Tempel von Tainan stammt ursprünglich aus dem Jahr 1665 und ist damit der älteste Tempel seiner Art in Taiwan. Nachdem er teilweise durch Kriege zerstört und von Naturkatastrophen beschädigt wurde, erhielt er seine jetzige Form im Jahr 1917 in der Zeit der japanischen Besatzung. Statt einem Hauptgebäude besteht er aus mehreren sich ergänzenden Palästen und Toren. Besonderer Tourismusmagnet ist die zentrale Ta-Cheng-Halle, in der regelmäßig religiöse Zeremonien stattfinden.

Mittelwelle in Lugang

Das Alte Fort von Anping ist eine von der Niederländischen Ostindien-Kompanie errichtete Festung, 1624 bis 1634 errichtet auf einer Sandbank vor der Insel, die sie Formosa nannten.

Formosa ist der alte Name von Taiwan, der auf die Portugiesen zurückgeht. Als sie damals das Land zum ersten Mal sahen, sollen sie „Ilha Formosa" gerufen haben, was man mit „schöne Insel" übersetzen kann. Der Ort ist heute ein Freilichtmuseum und gehört zu Anping, einem Bezirk der Großstadt Tainan.

Mit Bihui in Lugang

Das Kaufmannshaus von Julius Mannich liegt wenige Schritte westlich des alten Forts von Anping. Heute ist es ein Museum. Es überrascht die Besucher aber auch mit einem belebten Biergarten. Seine Handelsniederlassung geht zurück auf den Vertrag von Tianjin aus dem Jahr 1858, nach dem sich fünf europäische Firmen in Taiwan niederlassen konnten. Julius Mannich war ein deutscher Geschäftsmann, der sich auf den Kampfer- und Zuckerhandel spezialisiert hatte. Der Bau seines Handelshauses begann im Jahr 1875. Der Konkurrenz mit den Japanern, die von der Insel Besitz ergriffen hatten, hielt er nicht stand. Nach dem geschäftlichen Ruin seiner Firma wurde das Haus in einen

Polizeiposten und später in ein Wohnhaus umgewandelt. Seit 1986 ist das Julius-Mannich-Handelshaus ein kleines Museum. Vor einigen Jahren kam ein Restaurant im Biergartenstil hinzu. Es ist eines der ganz wenigen Beispiele europäischer Kolonialarchitektur, die in Taiwan noch bis zum heutigen Tag übrig sind.

Der fünfte und letzte Tag unserer Reise führte uns wieder nach Norden. Auf dem Weg zum Flughafen von Taipei besuchten wir noch die Mittelwellenstation von Lugang und den Privatsender „Best Radio" FM 99.3 in Taizhong, den man mittlerweile weltweit über einen Webstream empfangen kann.

In der Altstadt von Lugang boten sich zahlreiche Einkaufsmöglichkeiten. Mich begeisterten besonders die kunsthandwerklich ausgerichteten Geschäfte mit Lampions, bemalten Kürbissen, Fächern und Drachen. In Taizhong beschlossen wir unsere Reise mit einem gemütlichen Beisammensein in einem schönen, direkt beim Sender FM 99.3 gelegenen Café.

Bewegt von den vielfältigen Ereignissen der zurück liegenden Tage, gerührt von der großen Gastfreundschaft, dankbar für Chiu Bihuis großes Engagement und ihren beeindruckenden Einsatz für RTI und für uns Hörer, fiel der Abschied nicht leicht. Gute Freunde für lange Zeit verlassen zu müssen, tut immer weh.

CRI - Die olympischen Sommerspiele in China

„Zhong Guo Mi", das ist einer der chinesischen Begriffe, die ich kürzlich lernte, als ich in China war. „China-Fan", so könnte man das übersetzen, bin ich schon seit langem. Schon in meiner frühen Jugend wirkte das Land mit seiner außerordentlichen kulturellen Größe, nationalen Vielfalt und seinen großartigen Menschen eine besondere Anziehungskraft auf mich aus. China einmal mit eigenen Augen zu sehen, hätte ich damals aber noch nicht zu träumen gewagt.

Radio ist meine große Passion. Es bringt die große, weite Welt in das eigene Heim, vermittelt eine große Vielfalt an Informationen und öffnet Denkhorizonte – ganz besonders dann, wenn man sich für den internationalen Kurzwellenrundfunk begeistern kann. „Radio Peking" war einer der ersten Auslandsdienste, dessen deutschsprachiges Programm ich als junger Mann regelmäßig verfolgte. Fremd und geheimnisvoll war sie damals, die Welt, die sich mir darbot: Das Land hatte gerade die bitteren Jahre der Kulturrevolution überwunden und man musste noch vieles „zwischen den Zeilen" erahnen – und doch lernte ich schon damals Vieles, was mir ohne den chinesischen Auslandsrundfunk ganz sicher für immer verborgen geblieben wäre.

„CRI - China Radio International", so heißt „Radio Peking" mittlerweile, war für lange Zeit eine der größten internationalen Sendeanstalten der Erde - dynamisch, modern und multimedial. Vieles hat sich seit meiner ersten Begegnung mit dem Sender geändert, die Begeisterung für China ist geblieben. Traurig ist leider, was in den vergangenen Jahren aus dem Sender geworden ist. Außer einer eher langweiligen Internetseite und musikalischer Dauerberieselung ist von CRI in Deutsch nicht mehr viel übrig. Man geht vermutlich mit der Zeit und sucht das Glück in den neuen Technologien.

Auch nachdem ich längst wieder zuhause war, vermochte ich noch immer noch nicht ganz, zu begreifen, dass ich am 25. Juni 2008 tatsächlich zum zweiten Mal als CRI-Sonderpreisträger nach China reisen durfte. Bereits drei Jahre zuvor war ich Gast des chinesischen Auslandsrundfunks gewesen. Die poetische Schönheit des Westsees von Hangzhou, die geheimnisvolle Wasserwelt von Shaoshing und die grandiosen Sehenswürdigkeiten Beijings übertrafen schon damals alles, was ich mir zuvor jemals vorzustellen vermochte. „Einmal Sehen ist besser, als hundertmal Hören", sagt man im Reich der Mitte. Ganz offensichtlich hat sich diese chinesische Weisheit schon damals bewahrheitet.

Beijing und Qingdao sollten die Ziele meiner zweiten Reise ins Reich der Mitte werden – keine Frage, dass im Olympiajahr 2008 vor allem der Besuch der bedeutendsten olympischen Stätten auf dem Programm stand.

Chinesen sind außerordentliche Gastgeber. An Freundlichkeit, zuvorkommender Hilfsbereitschaft und planerischer Perfektion schwer zu überbieten. Sun Jingli, der Chef der deutschsprachigen Auslandsredaktion von CRI, mit dem mich schon seit vielen Jahren eine herzliche und freundschaftliche Beziehung verbindet, ließ es sich nicht nehmen, mich persönlich vom neuen Flughafenterminal 3 abzuholen, an dem ich am frühen Morgen des 26. Juni eintraf. Und dies, ohne dass die Landung meiner Maschine des Flugs CA931 von Frankfurt jemals offiziell bestätigt worden ist. Auf den Anzeigetafeln in Beijing war von einer Landebestätigung jedenfalls weit und breit nichts zu sehen, als ich in der Empfangshalle von weitem meinen Namen rufen hörte. Kann eine Begrüßung netter sein? Um mich pünktlich vom Flughafen abholen zu können, mussten Sun Jingli und sein Redaktionsmitarbeiter Li Zheng vermutlich auf einigen Stunden ihres Schlafes verzichten.

Diese gelungene Überraschung war nur der Auftakt – zehn unvergessliche Tage standen bevor. Bestens gelaunt und glücklich über das Wiedersehen fuhr ich zusammen mit meinen Begleitern ins Zentrum der chinesischen Hauptstadt, wo ich im feinen „People's Palace Hotel" („Zhong Guo Zhi Gong Zhi Jia") untergebracht wurde. Nach einer ersten Verschnaufpause ging es auch schon los.

Der mehr als 600 Jahre alte Bei-Hai-Park ist die älteste und am besten erhaltene kaiserliche Parkanlage in ganz China. Es ist in der Tat ein Ort der Stille und der Besinnung im Herzen der pulsierenden Hauptstadt. Einst beliebte Vergnügungsstätte der kaiserlichen Familie, reflektiert der Park zusammen mit seinem künstlich angelegten Bei-Hai-See den jahrtausendealten Traum chinesischer Herrscher von Ewigkeit und Unsterblichkeit. Am Nordufer des Bei-Hai-Sees liegt der „Garten der ruhenden Seele", mit dessen Anlage der Qing-Kaiser Qianlong seiner Liebe zur einzigartigen Schönheit südchinesischer Landschaften Gestalt verlieh.

Auf dem höchsten Punkt des Parks befindet sich die flaschenförmige „weiße Pagode", weithin sichtbarer Ausdruck des chinesischen Buddhismus. Aus dem 13. Jahrhundert stammend, ist sie die älteste erhaltene lamaistische Pagode in ganz China. Sie besteht durchweg aus Stein, nur die Spitze ist aus Bronze gefertigt. Der weiße Putz der Fassade, vom dem sich auch der Name „Jadepagode" herleitet, erzeugt zusammen mit der golden leuchtenden Dachspitze einen Eindruck tiefer Reinheit und entrückter Ewigkeit. Von hier aus haben die Besucher einen einzigartigen Blick hinüber zur verbotenen Stadt und dem dahinter liegenden Tian 'An Men, dem „Platz des Himmlischen Friedens".

Der markante Kontrast zur modernen Großstadt ist charakteristisch für Beijing. Vielzahl und Dimension ihrer baulichen

Gegensätze sind ein augenfälliges, wesentliches Merkmal der chinesischen Hauptstadt. Ihre mannigfaltigen Erscheinungsformen vermögen es, die Besucher dieser Stadt immer wieder aufs Neue zu überraschen, zu verblüffen und zugleich zu fesseln.

Verzaubert und bewegt verließ ich zusammen mit Li Zheng, der mich während der ganzen Reise begleiten sollte, den Park und machte mich auf den Weg zur nächsten Sehenswürdigkeit. Der weltbekannte Lama-Tempel Yonghegong, dessen Baustil sowohl von der Han-Dynastie, der Mandschurei, der mongolischen und der tibetischen Nationalität geprägt ist, bildet mit seinen über tausend Hallen und Zimmern die größte Stätte des tibetischen Buddhismus in ganz Beijing. Auf einer Fläche von über 60.000 m² birgt der Lama-Tempel eine unschätzbare Fülle kultureller und religiöser Schätze. Darunter sind der lachende Buddha, der Arhatenberg mit seiner einmalig schönen Holzschnitzkunst sowie die Buddhastatue in der Halle des leuchtenden Buddha die wohl bedeutendsten. „Arhat", der Würdige, der Heilige, ist eine Bezeichnung für einen praktizierenden Buddhisten, der sich selbst vollkommen von Gier, Hass und Verblendung befreit hat. Er befindet sich auf der höchsten, finalen Stufe, was bedeutet, dass er ohne weitere Wiedergeburt das Nirwana erreicht hat. Der Arhatenberg in Beijing ist eine kostbare Arbeit aus geschnitztem Holz. Zu sehen sind die Reliefs ruhiger Wälder, Bilder von Zypressen und Kieferbäume, Darstellungen von Pagoden, Pavillons, Grotten und vielem mehr. Es ist eine ergreifende, fast hörbare Stille und fühlbare Weihe, durch die buddhistische Heiligtümer auch auf Menschen aus dem abendländischen Kulturkreis immer wieder eine ganz besondere Anziehungskraft ausüben. Räucherstäbchen, brennendes Papiergeld, in Gebete versunkene Menschen, die Allgegenwart der Drachen- und Phoenix-Symbolik – all das verleiht der Szenerie einen Hauch von Entrücktheit, Stillstand und Ewigkeit.

Zu Gast bei Freunden

Glücklich darf sich schätzen, wer chinesische Gastfreundschaft im privaten Familienkreis erleben kann. Am Abend meines ersten Reisetages wurde mir diese besondere Ehre zuteil. Sun Jingli hatte mir schon vorab geschrieben, dass er mich während meines Aufenthalts in China auch einmal zu sich nach Hause einladen werde. Von der deutschen Redaktion waren auch seine Stellvertreterin Chen Wei sowie Chen Xiufen und Li Zheng mit dabei. Groß war die Wiedersehensfreude mit Dou Xiaowen, Sun Jinglis Frau, die ich bereits lange vorher auf einem DX-Camp im saarländischen Merchweiler kennengelernt hatte. Seit vielen Jahren hatten wir uns nicht mehr gesehen. Kühles Yanjing-Bier, leckere Salate und Spezialitäten der chinesischen Küche waren die ideale Grundlage für einen erlebnisreichen Abend mit vielen guten Gesprächen, froher Laune und zugleich intensivem Gedankenaustausch. Essen und feiern im Kreis einer

122

chinesischen Familie – was für ein wunderbarer Ausklang dieses Tages!

Ein besonders anspruchsvolles Programm war für den zweiten Tag meiner Reise vorgesehen. „Beijing 2008": Die olympischen Spiele in China waren das Motto, unter dem der Wettbewerb stand, dem ich diese weitere Traumreise zu verdanken hatte. Sieben Sonderpreisträger aus aller Welt durften im Vorfeld der Olympiade den olympischen Geist hautnah erleben und die bedeutendsten sportlichen Stätten kennenlernen. Es war vermutlich nicht einfach, eine Sondergenehmigung für das Betreten des neuen Nationalstadions, von den Chinesen liebevoll „Vogelnest" genannt, zu bekommen. Fotografieren war zwar nicht erlaubt, dafür konnten wir aber das ganze Innere des Stadions ungehindert „ausprobieren", zur Probe sitzen, die Technik bestaunen und bei den Vorbereitungen für die bevorstehende Eröffnungsfeier zuschauen.

Szenen- und Kleiderwechsel: Die Große Halle des Volkes findet man auf der linken Seite des Tian 'An Men, des Platzes des Himmlischen Friedens. Die chinesische Staatskommissarin Chen Zhili war zur Ehrung und Verleihung der Sonderpreise persönlich in der Volkskongresshalle erschienen. Begleitet wurde sie vom Intendanten des chinesischen Rundfunks CRI, der Leiterin des Beijinger Konfuzius-Instituts sowie Vertretern der verschiedenen Botschaften und Auslandsvertretungen.

Dass ich meine Ansprache bei dieser Feier mit einer Weisheit des berühmten chinesischen Philosophen Konfuzius eröffnete, sorgte für langen Applaus. Man staunte nicht schlecht darüber, dass ich die Gäste in chinesischer Sprache begrüßte, was mich doch einiges an Mut gekostet hat. Die eigentliche Rede habe ich aber in Deutsch gehalten. Natürlich war ich aufgeregt: Eine Rede im chinesischen Volkskongress, in solch einem Rahmen, vor einer solchen Kulisse und vor hochrangigen Gästen – das war für mich eine ganz neue Erfahrung. Sun Jingli hatte die Rolle des Übersetzers übernommen und so gelang der Vortrag doch recht gut und das Lampenfieber ließ rasch nach.

Feierlich war auch die Preisverleihung selbst: Ein wunderschöner, mit Blütenmotiven verzierter Porzellanpokal mit persönlicher Widmung durch Radio China International wird mich nun für immer an diesen festlichen Tag erinnern.

Vizevorsitzende des Volkskongresses Chen Zhili

Beim anschließenden Empfang wurden wir alle persönlich von Chen Zhili, der damals stellvertretenden Vorsitzende des Volkskongresses, mit Handschlag begrüßt. Danach daran hatten wir die Möglichkeit zu persönlichen Gesprächen mit allen Anwesenden. So nutzte ich die Gelegenheit, den Mitarbeiter der deutschen Botschaft in Beijing, Christian Schaal direkt kennen zu lernen. Schade, dass ich seine spontane Einladung, zusammen mit ihm und dem deutschen Botschafter, Dr. Michael Schäfer, das Endspiel der Fußball-EM live in Fernsehen anzuschauen, nicht annehmen konnte. Wegen der Zeitverschiebung hätte dies eine schlaflose Nacht bedeutet - was im Hinblick auf mein sehr volles Reiseprogramm auch gar nicht möglich war.

Ebenso feierlich wie der Festakt in der Großen Halle des Volkes war das großartige Abendessen im ganz neuen CRI-Hotel, das der Sender exklusiv für seine Gäste und externe Mitarbeiter erbauen ließ. Direkt gegenüber dem Funkhaus gelegen, verfügt es neben Gästezimmern und Freizeiteinrichtungen auch über ein schmuckes Restaurant, das uns an diesem Abend mit den feinsten Delikatessen verwöhnte, die man sich von der chinesischen Küche nur vorstellen kann. Zusammen mit Li Zhongshan, dem stellvertretenden CRI-Chefredakteur, dem Redaktionsleiter Sun Jingli und anderen Gästen befand ich mich in bester Gesellschaft: Gut gelaunt und mit interessanten Gesprächen ging ein schöner, festlicher, zweiter Tag seinem Ende entgegen.

Ein Besuch des Tian 'An Men darf bei einer Chinareise auf keinen Fall fehlen. Bei strahlendem Sonnenschein versammelten wir uns zum Gruppenbild vor einer überdimensionalen Tafel, die dort aufgestellt war, um den Besuchern den Olympia-Countdown anzuzeigen. Der Tian 'An Men ist der größte und bedeutendste öffentliche Platz in ganz China. Wer diesen Platz zum ersten Mal besucht, wird sicher von den unzähligen Menschen überwältigt sein, die sich täglich dort einfinden. Die Chinesen haben eine ambivalente Beziehung zu diesem Platz, auf bzw. neben dem sich auch der Tian 'An Men Turm, die Große Halle des Volkes, das Nationalmuseum, die Gedenksäule der chinesischen Volkshelden sowie das Mausoleum des Gründers der Volksrepublik China, Mao Zedong, befinden. Die Ereignisse von 1989 sind sicher vielen Menschen noch im Gedächtnis, werden aber offiziell nicht aufgearbeitet bzw. kleingeredet.

Nicht zu übersehen ist Maos großformatiges Portrait am Tian 'An Men Tor, hinter dem sich die Verbotene Stadt mit Ihren zahllosen Palästen, Verwaltungsgebäuden und religiösen Stätten befindet. Die Verbotene Stadt ist die größte Palastanlage der Erde. Hier sonnten sich einst die absoluten Herrscher des Reichs der Mitte im Licht ihrer göttlichen Herkunft und ließen sich als Söhne des Himmels verehren. In Form und Farbe bestimmen Harmonie und Symmetrie das Gesamtbild. Eine Achse, auf der sich alle wichtigen Hallen befinden, durchzieht die Palastanlage von Nord nach Süd. Nebenhallen und kleinere Höfe sind symmetrisch rechts und links der Achse angeordnet. An sonnigen Sommertagen üben die dortigen Gärten auf die Besucher einen ganz besonderen Zauber aus. Trotz der vielen Besucher atmen die alten Bäume, die Felsen und Standbilder einen Hauch von Ewigkeit und Frieden. Man möchte gerne verweilen, aber die vielen Menschen erinnern die Besucher dann doch an das Jetzt und Hier.

Fröhlich ging es beim Mittagessen mit traditionellen Delikatessen zu, so dass wir das umfangreiche Tagesprogramm bald darauf mit neuer Energie fortsetzen konnten.

Der Sommerpalast ist eine der reinsten und integersten Schöpfungen, die menschliche Vorstellungskraft und architektonisches Genie jemals hervorgebracht haben. Es gibt nur wenige Orte auf der Erde, die an einem Sommertag eine so tiefe Ausgeglichenheit und Ruhe ausstrahlen. Die herrlichen Gärten hatte Kaiser Qianlong als Nachbildung des Westsees von Hangzhou, den er sehr liebte, für sich anlegen lassen. Sogar die Drachenboote gleiten lautlos über das Wasser. Geheimnisvoll hebt sich das schimmernde Weiß des Marmorschiffs aus dem satten Grün der Gärten und dem fast unbewegten Blau des künstlichen Gewässers hervor. Alles wirkt, als habe der Westsee in der chinesischen Hauptstadt ein zweites Mal das Licht der Welt erblickt.

Beijing und Pekingente – das gehört einfach zusammen. Nirgendwo auf der Welt kann man die knusprig gebratenen Häppchen, in feine Teigmäntelchen gehüllt, so unverfälscht genießen, wie in einem Entenrestaurant der chinesischen Hauptstadt. Ein schmackhafter, fröhlicher Tagesabschluss!

Unterhaltung und Kultur: Am vierten Tag meiner Reise ging es nach dem Frühstück zum Beijinger Aquarium. Besondere Attraktion dort war eine Delphin- und Seehund-Vorführung mit zahlreichen artistischen Einlagen.

Der Nachmittag war der Kultur und der Geschichte der chinesischen Hauptstadt gewidmet. Das Stadtmuseum Beijings, ein neues, durchaus avantgardistisches Bauwerk, wartet mit einer umfangreichen historischen Dokumentation von den frühen Anfängen bis in die Neuzeit auf. Besonders sehenswert ist die Ausstellung zur Pekingoper, die ich am Ende dieser Reise ebenfalls noch erleben durfte.

Auch ein chinesischer Stau kann ganz schön Zeit kosten. Nach ca. zweieinhalb Stunden erreichten wir das größte Bauwerk der Erde - die große Mauer. Es war der fünfte Reisetag. Badaling liegt zwar nicht allzu weit von Beijing entfernt, durch das hohe Verkehrsaufkommen kann so eine Fahrt aber doch ein paar Stunden lang dauern. In den Bergen vor Beijing herrschten recht angenehme Temperaturen. Die prächtigen Anhöhen waren von der Sonne beschienen, wodurch die neu angebrachte, überdimensionale Tafel mit der Aufschrift „One World One Dream" recht gut zu sehen war. Qin Shi Huang (259-210 v. Chr.), der eigentlich Yingzheng hieß, kam mit 13 Jahren als König des Fürstenstaats Qin an die Macht. Er gilt als der eigentliche Erbauer der großen Mauer. Seine Nachfahren erweiterten den Bau unter erheblichem Einsatz menschlicher Ressourcen, insbesondere der eigenen Armee. Größe und Weite dieses Bauwerks sind überwältigend. Wenn man bei Badaling entlang der großen Mauer nach oben klettert, kann man die nahezu grenzenlose Machtfülle chinesischer Kaiser zumindest erahnen. Die spektakuläre Schönheit der Bergwelt um Badaling hingegen nimmt den Besuchern regelrecht den Atem.

Nach dem Mittagessen fuhren wir zurück in die Hauptstadt. Dort war auch noch hinreichend Zeit für die Besichtigung des Himmelstempels im Herzen von Beijing.

Blau ist die dominierende Farbe des Tempels und all seiner Nebengebäude, denn diese Farbe symbolisiert den Himmel und dessen Mächte. Der Himmelstempel war die religiöse Stätte der kaiserlichen Familie bis zum Ende der Qing-Dynastie. Tiantan, so der chinesische Name, ist eines der schönsten Bauwerke der chinesischen Hauptstadt und ist zudem der größte Tempelkomplex in China überhaupt. Umgeben von einer Mauer und durch eine weitere Mauer in einen inneren und einen äußeren Bereich geteilt, verlaufen beide Mauern im Norden in einer Rundung und im Süden rechteckig. Nach tradierter Vorstellung symbolisierte die Rundung den Himmel und das Quadrat die Erde. 1421 erbaut, war der Himmelstempel über all die Jahrhunderte der Ort für die Zwiesprache der Herrscher im Reich der Mitte mit den Himmlischen Mächten.

Am Abend ging es dann mit dem Nachtzug im Schlafwagen erster Klasse auf die Reise ins östliche Qingdao. Die Provinz Shandong ist bekannt für den Anbau von Obst, Gemüse und sogar Wein. Da ich in Nachtzügen nicht besonders gut schlafen kann, konnte ich nach dem Aufgang der Sonne aus dem fahrenden Zug heraus den ländlichen Osten Chinas, den Zauber der malerischen Dörfer, der grünen Felder und des morgendlichen Erwachens erleben.

Der erste Tag in Qingdao begrüßte uns mit strömendem Regen. Von „Trübsal blasen" war aber trotzdem keine Spur. Der Tag begann erst einmal mit einer Dusche und einem gemütlichen Frühstück in unserem dortigen Hotel. Am Büffet hat mich die Schwarzwälder Kirschtorte sehr überrascht. So ganz wie das deutsche Original sah sie aber nicht aus – und ich habe sie auch nicht probiert. Die anderen Teile des sehr geschmackvollen Buffets wirkten aber nach meiner Einschätzung eher chinesisch.

Am ersten Besuchstag in der östlichen Küstenstadt durften wir erleben, dass man sich in China in Sachen „Terminplanung" durchaus flexibel zeigen kann. Wegen des Regens wurden ausschließlich wetterfeste Sehenswürdigkeiten besucht. Nach dem dortigen Wohnhaus von General Chiang Kai-Shek und einer kurzen Mittagspause besuchten wir die Residenz des ehemaligen deutschen Gouverneurs aus der Kolonialzeit. Besonders amüsant fanden meine Gastgeber, dass die historische Schwarzwald-Standuhr, die man dort besichtigen konnte, vom selben Schramberger Hersteller stammte, wie die Uhr an meinem Arm. Beim anschließenden Besuch der Tsingtau-Brauerei durfte eine Bierprobe natürlich nicht fehlen. In diesem Fall blieb es aber nicht nur bei einer einzigen Probe: Wir durften das edle Gebräu zuerst unfiltriert und hefetrüb und nach einer Fortsetzung der Führung in seiner Endfassung probieren.

Ich hatte eher nicht den Eindruck, dass die deutsche Kolonialzeit im heutigen Qingdao noch immer negative Erinnerungen weckt. Die von deutschen Ingenieuren erbaute Brauerei, der Lebensstil, die Liebe zum Bier, die Bauweise der Häuser – vieles, was man heute in Qingdao sieht, ist Ausdruck eines positiven Bezugs der Bewohner zur chinesisch-deutschen Vergangenheit. An keinem Ort der Erde wurde ich trotz oder gar wegen meiner Herkunft so freundschaftlich und liebenswert aufgenommen, wie in der ostchinesischen Küstenstadt Qingdao.

Wo immer man sich aufhielt – ganz Qingdao war im Olympia-Fieber. Ebenso, wie Beijing, gehörte auch Qingdao zu den Austragungsorten der 29. Olympiade. Hier wurden die Wettkämpfe für die olympische Segelregatta ausgetragen. Die Stadt an sich ist eine wahre Perle, umgeben von Hügeln, Bergen und Meer, viel Grün, luxuriöse Villen und mit charmanten, lebensfrohen Menschen. In Vorfeld der bevorstehenden Olympiade hatte sich die Stadtverwaltung eine Menge einfallen lassen. Fassaden wurden restauriert, vieles wurde frisch lackiert. Die Straßenlaternen symbolisieren olympische Fackeln - Fähnlein, Kunstwerke, Fuwa, wohin das Auge blickt. Überall wurden unzählige Blumen gepflanzt, Girlanden aufgehängt und Plakatwände aufgestellt. Fuwa ist chinesisch 福娃 und bedeutet „Kinder des Glücks". Die Fuwa waren die Maskottchen der Olympischen Spiele 2008 in Peking. Dabei handelte es sich um die fünf Kinderfiguren Bèibei, Jīngjing, Huānhuan, Yíngying und Nīni. Sie wurden am 11. November 2005, 1001 Tage vor Beginn der Spiele, vom Organisationskomitee der Spiele der Öffentlichkeit präsentiert. Spricht man die ersten Teile der Namen nacheinander, also Bèi Jīng Huān Yíng Nī ergibt das auf Deutsch „Willkommen in Beijing". Die Symbolik ging sogar noch weiter: Die fünf Maskottchen symbolisierten zudem die fünf Elemente der chinesischen Weisheitslehre - Holz, Feuer, Erde, Metall und Wasser.

Festlich war der abendliche Empfang beim Bürgermeister der Küstenstadt, der das Programm mit feinem Essen und schönen Geschenken sehr harmonisch abrundete. Wer chinesische Gastfreundlichkeit noch nicht selbst erlebt hat, kann sich kaum ein Bild machen.

Das olympische Dorf in Qingdao ist überwältigend. Von einem „Dorf" kann eigentlich keine Rede sein, schon eher von einem Fünf-Sterne-Quartier. Nach dem Ende der olympischen Spiele, so der Plan, sollte der Stadt ein ganz ausgezeichnetes Hotel mit einzigartigem Ambiente zu Verfügung stehen.

Direkt beim Olympischen Dorf liegen die Anlagen für die olympische Segelregatta, die wir ebenfalls in Augenschein nehmen durften. Bei der anschließenden Rundfahrt auf einem Schiff der chinesischen Küstenwache wurde ich leider seekrank, so dass mir die anschließende Mittagsruhe sehr entgegen kam.

Nachmittags spazierten wir bei strahlendem Sonnenschein über den „Ba Da Guang"-Park von Qingdao und flanierten am dahinter liegenden Badestrand von Qingdao. Baden war allerdings nicht nur aus Zeitgründen unmöglich, sondern leider auch wegen der schlimmen Algenplage, von der Qingdao damals wieder einmal heimgesucht worden ist.

In einem Restaurant in Form eines tropischen Gewächshauses klang der Tag mit außerordentlich leckeren lokalen Spezialitäten und kühlem Tsingtau-Bier angenehm aus. Auch die damalige CRI-Intendantin, Frau Wang Dongmei und Vertreter der lokalen Administration waren mit dabei. Das frische Bier, ein wirklich fabelhaftes Essen, die prächtigen Pflanzen und das einzigartige Ambiente werden eine wundervolle Erinnerung an diese schöne Stadt am Meer bleiben. Auch die fröhliche und optimistische Lebensart der Menschen in Qingdao wirkte ansteckend – hoffentlich war das nicht mein letzter Besuch in der ostchinesischen Küstenstadt.

Die schönen Tage in Qingdao gingen viel zu rasch zu Ende. Am letzten Tag unserer Reise fuhren wir zuerst in das nahegelegene Laoshan-Gebirge: Ein mystisch verzaubert wirkender Ort mit einer ganz besonderen Strahlkraft aus landschaftlicher Schönheit, üppiger Vegetation und traditionell chinesischen Tempelanlagen. Im Laoshan-Nationalpark befindet sich auch ein bedeutendes Zentrum des chinesischen Daoismus - das zweitgrößte in China, sagte man mir. Der erhebliche Touristenandrang verhinderte allerdings, dass man ungestört in die Welt der Meditation entrücken konnte.

Beim anschließenden Mittagessen konnte ich zum ersten Mal Huo Guo probieren. Das ist der chinesische Feuertopf – in gewisser Hinsicht mit dem europäischen Fondue zu vergleichen. Huo Guo ist aber weitaus vielfältiger als unser europäisches Gegenstück. Besonders lecker sind die chinesischen Saucen.

Bei der anschließenden Betriebsbesichtigung der Firma Haier wurde uns die Firmengeschichte sowie die gesamte Produktpalette vom Kühlschrank bis zum Mikro-Chip vorgestellt. Haier ist auch hierzulande bekannt – nicht zuletzt durch seine Lüftungen und Wärmepumpen.

Nach einem unvergesslichen Abschiedsessen in einem der feinsten Restaurants der Stadt fiel der Abschied nicht gerade leicht. Der Rückflug mit Air China in die chinesische Hauptstadt dauerte nur etwas mehr als eine Stunde und auch der Transfer zum Beijinger Hotel war so perfekt organisiert, dass wir bereits vor Mitternacht zur Ruhe kamen.

So schnell ging eine weitere Traumreise vorüber. Zum Abschluss des Programms durfte ich noch einmal das moderne CRI-Funkhaus besuchen. Ein wirklich liebenswerter, herzlicher Empfang wartete in der deutschen Redaktion auf mich. Es war wunderbar für mich, bekannte Redaktionsmitarbeiter nach langer Zeit wieder zu sehen und auch neu hinzugekommene Redakteure kennen zu lernen. Man gab mir das Gefühl, als gehöre ich einfach dazu.

Nach einer ausgiebigen Plauderstunde ging ich erst einmal zusammen mit Lu Shan, der damaligen Redakteurin der beliebten Briefkastensendung, ins Tonstudio, um zwei Interviews aufzunehmen: Eins für die Briefkastensendung und das andere für ein Olympia-Sonderprogramm.

Für das anschließende Büffet in der Redaktion hatte man anlässlich meines Besuches allerlei Leckereien besorgt. Noch während des Essens kehrten dann Redaktionsleiter Sun Jingli und seine Stellvertreterin Chen Wei von einer wichtigen Besprechung zurück. So konnten wir noch einmal in ganz lockerer und ungezwungener Atmosphäre über verschiedene CRI-Themen sprechen.

Große Überraschung in der deutschen Redaktion

Dann gab es noch eine ganz außerordentliche Überraschung für mich: Anlässlich eines Sendebeitrags über die Jahresbilder von Yangliuqing bei Tianjin hatte ich in einem meiner Briefe an die

133

Redaktion geschrieben, dass ich diese Art von Kunst gerne einmal mit eigenen Augen sehen würde. Nie hätte ich erwartet, dass die Redaktion solch ein Jahresbild für mich kaufen würde. Was für eine Überraschung und was für eine Freude das für mich war, lässt sich leicht vorstellen. Heute schmückt es unser Treppenhaus und es weckt noch immer wundervolle Assoziationen. Es ist Tag für Tag aufs Neue schön, das Bild zu sehen und mich an die wundervollen Tage in Beijing zu erinnern.

Beim nachmittäglichen Einkaufsbummel versuchte ich mich im Feilschen mit chinesischen Verkäuferinnen, was wirklich viel Spaß machen kann.

Und zum Ausklang wartete noch ein ganz besonderer Kunstgenuss auf mich: Außerhalb des offiziellen Reiseprogramms hatte meine Beijinger Freundin Wang Zhu Karten für die Peking-Oper besorgt. Aufgeführt wurde ein Musikdrama mit viel Akrobatik und relativ wenigen Dialogen, so dass es auch für einen Europäer durchaus möglich war, der Handlung zu folgen.

Wie schon bei der Ankunft, war auch die Verabschiedung des Gastes aus Deutschland Chefsache. Dass Sun Jingli es sich auch beim Abschied nicht nehmen ließ, mich persönlich in die Arme zu nehmen, hat mich sehr bewegt.

Der CRI-Klub

Zahlreiche internationale Rundfunkstationen haben ergänzend zu ihrer offiziellen Tätigkeit sogenannte Hörerklubs gegründet oder gründen lassen. Das Ziel dieser Klubs war in erster Linie eine verstärkte Bindung der Hörer an das jeweilige Land und seinen Sender. Auch heute noch gibt es solche Klubs. So sind beispielsweise die Hörerklubs von KBS World Radio aus dem koreanischen Seoul oder auch die beiden RTI-Hörerklubs weiterhin aktiv.

Der CRI-Club

Die Gründung des ersten CRI-Clubs in deutscher Sprache am 25. Oktober 2009 im Freiburg i.Br. manifestierte die langjährige und enge Freundschaft vieler Hörer in Deutschland und den benachbarten Ländern zu ihrer Radiostation in der chinesischen Hauptstadt Beijing. Eine Brücke sollte er werden, der CRI-Club – eine Brücke zwischen Hörern und Sender, eine Brücke von

135

Hörerfreund zu Hörerfreund und zugleich eine Brücke zwischen unseren Ländern und Kulturen.

Die Idee eines CRI-Clubs geht zurück auf meine zweite Reise in die chinesische Hauptstadt: Im Juni 2008 war ich als Sonderpreisträger von CRI zu einer Reise nach Beijing und Qingdao eingeladen. Sie stand unter dem Motto „Den olympischen Geist im Vorfeld erleben". Acht Preisträger aus acht Ländern lernten die chinesische Gastfreundschaft kennen und gewannen viele Einblicke in die Vorbereitungen zur Olympiade.

Ein Höhepunkt dieser Reise war für mich die persönliche Einladung zu einem privaten Abendessen bei Sun Jingli, dem damaligen Leiter der deutschen Redaktion von China Radio International. Der Abend in Sun Jinglis Wohnung war die Geburtsstunde der CRI-Clubs. Wir waren uns einig darin, dass der CRI-Club sowohl den traditionellen Kurzwellenhörern als auch den reinen Online-Freunden eine Heimat bieten solle. Es sollte darum gehen, den Bekanntheitsgrad von CRI zu steigern, Interesse an China zu wecken und zu fördern sowie allen, die sich für China und für CRI begeistern, eine Plattform zu bieten. Die Idee, einen Club zu gründen, entstand damals bei Sun Jingli in Beijing.

Am 25. Oktober 2009 war es dann soweit: Der erste deutschsprachige CRI-Club wurde in Freiburg im Breisgau im Rahmen einer Feierstunde und im Beisein ranghoher Gäste aus der Taufe gehoben. Aus China waren der stellvertretende Intendant Ma Bohui, Direktor Sun Jingli und Vizeredaktionsleiterin Tan Lei angereist. Auch der Frankfurter Generalkonsul Wang Xiping, die Repräsentantin des Freiburger Oberbürgermeisters, Sabine Weber-Löwe sowie über 60 CRI-Freunde aus ganz Deutschland nahmen an der Gründungsfeier teil und unterstrichen die wichtige Bedeutung des CRI-Clubs als Brücke zwischen China und den deutschsprachigen Ländern Europas. In seinem Grußwort zur Clubgründung überbrachte Intendant Wang Gengnian seine Glückwünsche und betonte die wichtige Funktion des neuen Clubs als Bindeglied sowohl zwischen CRI und seinen Hörern als auch zwischen China und allen Menschen des deutschen Sprachraums, die sich, aus welchem Grund auch immer, für China interessieren und engagieren. Bereits im Rahmen der Gründungsfeier fand ein umfangreicher Gedankenaustausch auf allen Ebenen statt. Zahlreiche Gäste nutzten die Gelegenheit zu einem persönlichen Gespräch mit den Vertretern ihres Senders oder auch zum Dialog mit den Repräsentanten der Politik, Wang Xiping und Sabine Weber-Loewe.

Die Einzigartigkeit und das hohe Gewicht des neu gegründeten Clubs fanden damals ihren Niederschlag in vielen regionalen und nationalen Medien sowie in der Radio-Berichterstattung weltweit hörbarer internationaler Auslandsdienste. Auf die wichtige Brückenfunktion des Clubs und sein immenses Engagement ging u.a. auch die „Financial Times Deutschland" in Ihrem Bericht vom 24.03.2010 ein.

Der CRI-Club hatte gut 160 Mitglieder und Freunde sowie verschiedene Kontakte zu Organisationen aus Kultur und Wirtschaft, die sich auf vielfältige Weise für den Austausch mit China einsetzten. Besonders die enge Zusammenarbeit und der Austausch mit dem Chinaforum Freiburg hat das große Interesse an China, das Bedürfnis nach Austausch und damit zugleich die wichtige Funktion von China Radio International als zentrale Quelle für Informationen direkt aus China unterstrichen.

Der CRI-Club hatte sich in erster Linie als ein Sammelpunkt verstanden, an dem sich ganz unverbindlich und doch qualifiziert Menschen treffen konnten, die sich für China interessieren. Während Hörerwettbewerbe oder der Postversand von Radiosouvenirs und Geschenken den eingetragenen Mitgliedern vorbehalten waren, standen öffentliche Veranstaltungen des Clubs für alle Interessierten – ganz unabhängig von einer Mitgliedschaft – offen.

Ein Höhepunkt seiner Aktivitäten war die Teilnahme einer fünfköpfigen Club-Delegation an den Feierlichkeiten zum 50. Jubiläum der deutschen Redaktion von China Radio International im April 2010 in Beijing. Im Rahmen dieser Reise besuchten die Teilnehmer zusammen mit der Clubleitung zudem die wichtigsten Sehenswürdigkeiten der chinesischen Hauptstadt sowie die EXPO in Shanghai.

Ein großer Erfolg war auch das Herbstfest des CRI-Clubs am 2. Oktober 2010, bei dem sich gut 50 Chinafreunde in Freiburg trafen. Ein Glanzpunkt dieser Veranstaltung war zweifellos der Auftritt der talentierten chinesischen Violinistin Sun Yiqi mit zwei traditionellen Musikbeiträgen aus Ihrer Heimat. Kurzwellenhörer und Internet-Freunde hatten sich ebenso zu dem Freiburger Treffen eingefunden, wie chinesische Schüler und Studenten sowie Vertreter aus Wirtschaft und Kultur mit Fokus auf China.

Dass CRI, der Rundfunk der Volksrepublik China einmal nahezu vollständig aus der Welt der Kurzwelle verschwinden würde, konnte sich damals vermutlich kaum jemand vorstellen.

50 Jahre deutsch aus Beijing. EXPO Shanghai

Etwas ganz Besonderes sollte er werden, der Geburtstag des Deutschen Programms von CRI im Jahr 2010. Dem sehr engen Verhältnis zu den Hörern entsprechend, lud man zu diesem bedeutenden Jubiläum gleich mehrere Radiofreunde ein, vor Ort mitzufeiern. Neben Andreas Mücklich, dem Sonderpreisträger des Jubiläumsquiz war der CRI-Club durch fünf Mitglieder vertreten: René Wayand mit seiner chinesischen Frau Ying, Joachim Brustmann aus Leipzig sowie meine Frau Linda und ich.

Die Gäste im großen Festsaal des Beijinger People's Palace Hotels waren bereits in einer festlichen Stimmung, als wir dort eintrafen. Gemeinsam mit der italienischen und der portugiesischen Redaktion, die ebenfalls vor 50 Jahren auf Sendung gegangen sind, sollte dieser Ehrentag in einem würdigen und festlichen Rahmen begangen werden.

Neben Intendant Wang Gengnian und der stellvertretenden Intendantin Wang Dongmei sowie den Vize-Chefs Li Zhongshang und Ma Bohui waren auch hochrangige diplomatische Vertreter aus den Ländern der jeweiligen Sprachen anwesend - so auch der deutsche Botschafter in Beijing, Dr. Michael Schäfer.

Ein kurzer Film, der die Feierlichkeit eröffnete, dokumentierte in knappen Abrissen die Geschichte des Senders und überbrachte die Grußworte des österreichischen Bundespräsidenten Heinz Fischer, des ehemaligen deutschen Bundeskanzlers Gerhard Schröder und anderer Freunde Chinas und des chinesischen Auslandsrundfunks.

Sehr eindrucksvoll waren die Präsentationen der drei Sprachdienste: Die Portugiesische Redaktion unterhielt die Gäste mit einem traditionellen portugiesischen Volkstanz, gefolgt von italienischer Gesangskunst.

Bemerkenswert war der Beitrag der deutschen Redaktion: Zhong-De, also China-Deutschland – dieser Name stand in jenen Jahren in mehrfacher Hinsicht für die verlässliche und echte Freundschaft, mit der die Staaten und deren Menschen sich lange schon verbunden gefühlt haben. Nach dem verheerenden Erdbeben, das am 12. Mai 2008 die Provinz Sichuan heimgesucht hatte, erblickte in einem vom Deutschen Roten Kreuz errichteten Feldlazarett ein kleiner Junge das Licht der Welt – wie ein erster Hoffnungsschimmer in höchst verzweifelter Lage. Aus Dankbarkeit beschlossen die gerührten Eltern, das Kind „Zhongde" zu nennen. Bewegt von diesen Vorgängen beschloss bald darauf die Deutsche Redaktion, die Patenschaft für das Kind zu übernehmen. Als dieser Junge nun, in den Armen der Mutter, heiter in die frohe Geburtstagsgesellschaft blickte, rührte er die Herzen aller Gäste. Ein Botschafter der deutsch-chinesischen Freundschaft sei er, sagte Dr. Michael Schäfer in seinem Grußwort an die Eltern des Kindes. „Wenn du einmal groß bist, dann kommst Du mit Deinen Eltern zu Besuch nach Deutschland."

CRI-Intendant Wang Gengnian betonte in seiner Ansprache, dass CRI mit seinem deutschen, italienischen und portugiesischen Angebot zu Austausch, Verständigung und Freundschaft zwischen den Menschen in China und auf allen Kontinenten beitrage. Die enge Beziehung, die CRI zu seinen Hörern pflegt, ist, so seine Worte, weiterhin integraler Bestandteil des Selbstverständnisses von China Radio International.

Die Feierlichkeiten zum 50. Jahrestag waren für uns Hörer erwartungsgemäß nur der Auftakt zu einer wundervollen Reise.

Zum ersten Mal konnte auch meine Frau Linda die chinesische Hauptstadt und die große Mauer persönlich erleben. Das Wetter in Badaling ließ allerdings sehr zu wünschen übrig. Die Welt war nebelverhangen und man konnte die Große Mauer, eines der bedeutendsten Wahrzeichen Chinas, bestenfalls erahnen. Auch die berühmten olympischen Bauwerke, Wasserwürfel und Vogelnest, hatten sich im Nebel versteckt.

Linda im Vogelnest

Entschädigt wurden wir hingegen durch wundervolle Spaziergänge durch den berühmten Jingshang-Park, den Platz den Himmlischen Friedens und die direkt dahinter liegende Verbotene Stadt.

Auch der Einkaufsbummel auf der Wangfujing, der berühmten Einkaufsstraße der chinesischen Hauptstadt, hat uns viel Spaß gemacht. Von den dort angebotenen, frisch gegrillten Maden und Skorpionen wollte aber niemand von uns freiwillig

141

probieren. Interessant war hingegen, dass in der zentralen Buchhandlung für die beiden Ausgaben meines zweisprachigen Buches „Im Zauber der weißen Schlage" ganze fünf Meter Regalfläche reserviert waren.

Millionenstadt, Hochhäuser, Menschenmassen – das waren früher meine ersten Assoziationen, wenn ich mir ein Bild von Shanghai zu machen versucht habe. Nach unserer Ankunft brachte uns der super schnelle Transrapid in nur wenigen Minuten vom Flughafen in die Innenstadt. Deutsche Technik für das Reich der Mitte: Shanghai Maglev Train, kurz SMT, so heißt die Magnetschwebebahn jetzt. Sie verbindet Shanghai Pudong International Airport mit der Longyang-Straße in einem Außenbezirk der Stadt. Von dort ging es dann mit einem Kleinbus weiter zu unserem Hotel im Herzen von Shanghai.

Dass Shanghai tatsächlich ganz anders ist, als ich es mir vorgestellt hatte, ließ sich gleich nach unserer Ankunft erahnen – auch wenn wir seine übergroße Vielfalt erst in den folgenden Tagen erleben sollten. Atemberaubend waren die Eindrücke und Empfindungen bei unserem ersten nächtlichen Spaziergang am nahegelegenen Bund, dem pulsierenden Herzen der Innenstadt. Bund, auf Chinesisch Waitan - so heißt die lange Uferpromenade am westlichen Ufer des Huangpu-Flusses. Der Bund besteht aus über 50 teils sehr hohen Häusern wirklich unterschiedlichster Architektur. Malerisch ist nachts auch der Blick über den Huangpu auf die pulsierende, moderne Metropole von Pudong mit dem alles überragenden Pearl Tower in der Mitte. Bei einem Großteil der Häuser, die am Bund zu sehen sind, handelt es sich um historische europäische Kolonialbauten, in denen früher Banken, Versicherungen, Konsulate und Unternehmen aus verschiedenen europäischen Ländern und aus Japan untergebracht waren.

Das Jahr 2010 stand insbesondere in der Stadt Shanghai ganz im Zeichen der Weltausstellung EXPO 2010. „Better City, Better Life" lautete das Motto der Weltausstellung, die eigentlich Mitte Mai noch gar nicht offiziell eröffnet worden war. Tatsächlich hat die Stadtverwaltung zuvor sogenannte Test-Tage durchgeführt, um gegebenenfalls noch die eine oder andere Korrektur vornehmen zu können. CRI hatte für einen solchen Tag Eintrittskarten besorgt, so dass wir die Pavillons im Vorfeld der Weltausstellung in aller Ruhe besichtigen konnten. Noch ganz ohne die große Schar von Besuchern, die nach dem offiziellen Start die EXPO Shanghai besuchten.

In vielerlei Facetten präsentierten sich dort die Länder der Erde. Pavillons aus praktisch allen wichtigen Staaten und allen Kontinenten luden zum Besuch ein, um das Leben, die Kultur, die Vergangenheit und Gegenwart in möglichst vielerlei Licht zu präsentieren. Auch wenn man eine ganze Woche lang Zeit gehabt hätte, so hätte man vermutlich nur einen Bruchteil dessen sehen können, was sich hier den Besuchern bot. Das hat uns später auch eine chinesische Freundin bestätigt, die nach der offiziellen Eröffnung für mehrere Tage dort war und sich ebenfalls nur einen winzigen Teil des Angebots ansehen konnte.

Ich weiß nicht wie, aber CRI hatte es geschafft, Sondertickets für den Pavillon der Bundesrepublik Deutschland zu besorgen. So mussten wir uns dort nicht in die Schlange am Eingang einreihen. Ein Mitarbeiter führte uns durch den Hintereingang in die Hallen, so dass wir überhaupt nicht warten mussten. Die Führung dauerte fast zwei Stunden, in denen uns nicht nur die einzelnen Räume und Hallen gezeigt wurden. Wir erfuhren viel über die Hintergründe und über die Gedanken, die man sich zu den einzelnen Themen gemacht hatte, die dort ausgestellt wurden: Ein Land mit vielen Seiten: Freizeit, Kultur, Arbeit, Geschichte, Fabrikation, Verkehrswesen und Denkleistungen wurden dort gezeigt. Die Deutschen als Gartenfreunde – das wurde besonders humorvoll dargestellt: Gartenzwerge an die Decke geklebt, bunte Gartendekoration, vielfältige Gartenwerkzeuge. In einem anderen Teil ging es um Fasching bzw. Fastnacht mit allerlei Kostümen und Masken – von lustig bis gruselig. Klar, dass auch Stolpersteine und die Erinnerung an die Vergangenheit nicht fehlen durfte.

Yù Yuán

Weiter ging das Besuchsprogramm mit dem Pearl Tower. Leider war das Wetter, vorsichtig formuliert, ungünstig. Nebel und Regen statt Fernsicht und Sonnenschein. Trotzdem war es imposant, so weit oben zu stehen und ins Nichts hinauszublicken. Der Oriental Pearl Tower steht im Shanghaier Stadtteil Pudong. Noch immer gilt er mit seinen 468 Metern Höhe als der dritthöchste Fernsehturm Asiens und der fünfthöchste der Welt. Als es das Shanghai World Financial Center noch nicht gab, war er sogar das höchste Bauwerk Chinas überhaupt. Mit seinem ungewöhnlichen Aufbau aus elf verschieden großen Kugeln auf unterschiedlichen Höhen, die von Säulen getragen werden, ist der Pearl Tower das bekannteste Gebäude in Shanghai.

Sehenswert ist auch das Museum für Stadtgeschichte, das sich im Untergeschoss des Pearl Towers befindet. Es wurde 1984 eröffnet und es beschreibt die Entwicklung Shanghais und der umliegenden Gebiete aus vielerlei Blickwinkeln heraus. Mehr als 1.300 kulturellen Artefakte, Literatur und Bilder sind dort ausgestellt. Man erhält ein umfangreiches Bild der langen Geschichte Shanghais von der Antike bis zur Revolution im Jahr 1949 und tritt hautnah einer über 6000 Jahre alten Zivilisation gegenüber - von der Ma-Jia-Bing-Kultur bis in die Gegenwart. Sehr anschaulich wird auch die Zeit des ersten Opiumkriegs im Jahr 1840 dargestellt. Damals wurde Shanghai gezwungen, als Vertragshafen zu fungieren und musste den Besatzern vielerlei weitere Zugeständnisse machen. Weiter vertieft wurde unser Wissen über die Stadtentwicklung von Shanghai wenige Tage später bei einer kurzen Stippvisite im Museum für Stadtentwicklung.

Und dann kam eine ganz besondere Überraschung: Mitten im Getümmel, zwischen Hochhausfassaden und Verkehrslärm, findet sich der verblüffte Besucher plötzlich mitten im alten China wieder: Yù Yuán, der Yu-Garten in Shanghai gilt als eines der schönsten Beispiele der Gartenkunst in China. Ein Herzstück ist der kostbare Jadefelsen, ein poröser, 3,3 m hoher und 5 Tonnen schwerer Felsbrocken. Man erzählt sich, dass er für den kaiserlichen Garten in Bianjing bestimmt war, aber aus dem Huangpu-Fluss geborgen wurde, nachdem das Boot, das ihn transportieren sollte, gesunken war. Der Yu-Garten wurde 1559 während der Ming-Dynastie von Pan Yunduan als Trost für seinen Vater, den Minister Pan En, im hohen Alter angelegt. Pan Yunduan begann mit dem Bau, nachdem er eine der kaiserlichen Prüfungen nicht bestanden hatte. Er nannte den Garten Yù Yuán, wobei Yù sinngemäß „den Eltern wohlgefällig und zufriedenstellend" bedeutet, weshalb man ihn auch „Garten des Friedens und der Behaglichkeit" nennt. Heute erstreckt sich der Yu-Garten über eine Fläche von 2 Hektar und ist über eine Brücke mit neun Kurven zu erreichen, die über einen kleinen Teich mit einem Teehaus führt. Der Eingang befindet sich auf dem Vorplatz am Ende der Brücke. Er spiegelt den Stil der Jiangnan-Gartenarchitektur der Ming- und Qing-Dynastie wider und ist eine gelungene Mischung aus dekorativen Hallen, kunstvollen Pavillons, glitzernden Teichen, Zickzack-Brücken, Torbögen und exquisiten Steingärten. Der Yu-Garten ist in sechs allgemeine Bereiche unterteilt und jeder Bereich ist durch sogenannte Drachenmauern mit wellenförmigen grauen Kacheln von den anderen getrennt. Yù Yuán ist stets voller Menschen und voll Leben und doch ist er in jeder Hinsicht eine Reise in die Vergangenheit, ein Blick zurück in längst vergangene Zeiten. Wer den Yu-Garten nicht gesehen hat, der hat den schönsten Teil von Shanghai verpasst.

Auch ein Besuch beim berühmten Shanghai Dragon Television oder Dragon TV stand auf dem Programm unserer Reise. Aufgrund seines lustigen Logos trägt der Sender auch den Spitznamen Tomatenkanal und ist ein Satellitenfernsehsender, der zwar in ganz China empfangen werden kann, aber eigentlich verwiegend für den Raum Shanghai sendet. Dragon TV ging im Oktober 1998 als Shanghai Television auf Sendung. Er ist heute der beliebteste Lokalsender der Region.

Nach einer Führung durch die Studios wurden wir auf einen Balkon im oberen Bereich des Hochhauses geführt, von dem aus man in großartiger Fernsicht weite Teile der pulsierenden Großstadt überblicken konnte.

Menschen, Menschen, Menschen. Zu sagen, dass die Nanjing Road eine pulsierende Geschäfts- und Einkaufsstraße ist, wäre eine Untertreibung. Einerseits hat man nicht zwingend den

Eindruck, in China zu sein, weil es dort so viele Geschäfte gibt, in denen Produkte aus Europa und den USA angeboten werden. Auch wenn man kein Expertenauge hat, erkennt man schon an den Preisen, ob da wirklich Originale verkauft werden oder ob es sich um chinesische Fälschungen handelt. Trotzdem würde ich mich dort eher nicht zu einem Kauf entschließen. Plagiate werden zudem überall von den Straßenhändlern zu Spottpreisen angeboten. Vermutlich werden die Rolex-Uhren, die man dort für ca. zehn Euro kaufen kann, nicht allzu lange funktionieren. Zudem kann der Import von so einem Imitat in die EU am Zoll für ganz große Probleme sorgen.

Zhujiajiao mit seiner Wasserwelt

Wer nach Shanghai reist, sollte sich einen Ausflug mit Taxi zu der berühmten Wasserstadt Zhujiajiao nicht entgehen lassen. Bekannt ist der Ort als Venedig von Shanghai. Idyllisch mit seinen Kanälen, alten Steinstraßen, Brücken, Häusern und Gebäuden aus der Ming-Zeit und typisch für die zahlreichen historischen chinesischen Wasserstädte. Die 36 Brücken der Stadt bieten einen Blick auf die vielen Wasserstraßen und sind eine ganz außerordentliche Attraktion. Am längsten und beeindruckendsten ist die Fangsheng-Brücke, aus dem 16. Jahrhundert. Sie ist die einzige Holzbrücke in der Stadt und gleicht einem langen Korridor, der über die Kanäle führt. Sehenswert ist zudem die Nordstraße von Zhujiajiao mit ihren zahlreichen historischen Gebäuden und Brücken aus der Ming- und Qing-Zeit. Sie ist knapp einen Kilometer lang und lädt zum Flanieren ein.

Malerische Gärten, blühende Kamelienbüsche, kleine Geschäfte – und überall Wasser, Wasser, Wasser. Man kann auch ein Boot mieten und sich das Dorf von der Wasserstraße aus zeigen lassen. Die zauberhaften Parkanlagen lassen sich allerdings nur zu Fuß erkunden und auch die kleinen Geschäfte sollte man sich nicht entgehen lassen.

Zum Abschluss des offiziellen Programms unserer Reise trafen wir uns im Munich Brauhaus von Shanghai, einem bayerisch anmutenden Gasthaus mit Bier, Brezel und hübschen, in Dirndl gekleideten Chinesinnen. Während die übrigen CRI-Gäste am kommenden Morgen ihren Heimweg antreten mussten, trafen Linda und ich uns mit einer chinesischen Freundin aus Anhui, mit der zusammen wir zwei ganz außerordentliche Wochen in Suzhou, Nanjing und den märchenhaft anmutenden Bergen des legendären Huangshan verbringen durften. Aber das ist eine andere Geschichte.

Die besten CRI-Hörerclubs der Welt

Am 3. Dezember 2011 feierte der chinesische Auslandsrundfunk CRI (China Radio International) das siebzigjährige Bestehen seiner Sendungen. Anlässlich dieses Jubiläums hatte der Sender bereits im Vorfeld eine ganze Reihe von Aktivitäten und Wettbewerben veranstaltet. In einem davon sollten aus den weltweit über 4000 CRI-Clubs „Die zehn besten CRI-Clubs der" gekürt werden.

Der „China Radio International Club", so hieß es in der Satzung, sei ein Zusammenschluss von Hörern und Internetnutzern von CRI – China Radio International - in deutscher Sprache. Er richte sich an alle Menschen, die sich für China im Allgemeinen sowie für die Aktivitäten des internationalen Auslandsrundfunks der Volksrepublik China im Besonderen interessieren.

Keine Frage, dass auch ich mich mit einer Präsentation unseres deutschsprachigen CRI-Clubs an dem Wettbewerb beteiligte. Einfach nur, um dabei zu sein und ohne mir irgendwelche Gedanken darüber zu machen, dass ausgerechnet unsere Freiburger Vereinigung zu den Gewinnern gehören könnte. Schließlich war der deutschsprachige CRI-Club einer der weltweit jüngsten Hörerclubs überhaupt - und er gehörte auch nicht zu den mitgliederstärksten Clubs der Welt.

Zusammen mit einer ausführlichen Präsentation der Geschichte und der Aktivitäten unseres CRI-Clubs, von seiner Gründung im Oktober 2009 bis zur Gegenwart, überreichte ich dem Sender auch die Grußworte der Bürgermeister von Freiburg und meiner Heimatstadt Herbolzheim. Ergänzend zu seiner multinationalen Orientierung – wir hatten Mitglieder aus Deutschland, Österreich, der Schweiz und Dänemark – verfügte der

CRI-Club auch über Verbindungen zu verschiedenen Vereinen und China-Foren in Deutschland sowie zu Organisationen der Region.

Unbeschreiblich war meine Überraschung, als Chen Wei, die damalige Leiterin der deutschen Sprachredaktion des Senders, mir in einer E-Mail schrieb, dass ich mit meinem CRI-Club von einer Juri für den Kreis der zehn Sieger ausgewählt worden sei. Der Preis: Eine Reise nach China, Besuch des Senders, Teilnahme an der zentralen Feier zum 70. Jubiläum sowie eine touristische Reise durch die südöstliche Provinz Fujian.

Als Reisezeitraum nannte Chen Wei mir die ersten zehn Dezembertage. Für Anfang Dezember hatte ich allerdings für Mitglieder und Freunde des CRI-Clubs bereits eine Pekingreise organisiert. 13 Teilnehmer hatten sich angemeldet und alles war schon organisiert. Freundlicherweise zeigte sich der Reiseveranstalter äußerst entgegenkommend, so dass ich meine eigene Teilnahme an der Clubreise stornieren und dadurch an der CRI-Reise teilnehmen konnte. Meine bisherige Planung musste kurzfristig umgestellt werden: Anstatt mit dem CRI-Club Beijing zu bereisen, durfte ich China nun als Sonderpreisträger besuchen. Es war meine vierte Radioreise ins Reich der Mitte. Lediglich die Anreise nach China konnten wir, die Clubmitglieder und ich, noch gemeinsam antreten. Gleich nach der Ankunft in Beijing trennten sich dann unsere Wege.

Als wir am 1. Dezember in der Empfangshalle des „Beijing International Airport" eintrafen, wurden wir gleich von drei Personen in Empfang genommen. Auf die Reisegruppe wartete eine Mitarbeiterin des Reiseveranstalters zusammen mit der CRI-Mitarbeiterin Hu Hao, die vom Sender für die Betreuung der Gruppe freigestellt war und die sich auch während der ganzen folgenden Woche sehr engagiert um die Gäste kümmerte. Auf mich wartete am Flughafen mein Begleiter Zhang An – mit

150

Spitznamen Andi. Wir hatten uns bereits im Vorjahr kennen gelernt, als ich zusammen mit weiteren Clubmitgliedern an der Feier zum 50. Jubiläum der deutschen Sprachredaktion teilnehmen durfte.

In dem Bus, der uns zum Hotel bringen sollte, warteten bereits drei weitere Sonderpreisträger auf uns. Nachdem ich mich in aller Eile im Hotel ein wenig frisch machen konnte, fuhren Andi und ich mit dem Taxi sogleich zu einem Termin beim Verlag für Fremdsprachen „FLTRP" wo Zhao Pingping von der englischen CRI-Redaktion für ein Interview auf mich wartete. Geplant war ein Portrait über mich und meinen Roman „Im Zauber der weißen Schlange", der damals in einer deutsch-chinesischen Edition bei FLTRP in Beijing erschienen ist. Eine englisch-chinesische Ausgabe war für das Folgejahr vorgesehen. Bei grünem Longqing-Tee bespricht sich Geschäftliches immer ganz besonders angenehm – so verlief auch die anschließende Begegnung mit Vertretern des Verlags in sehr freundschaftlicher Atmosphäre.

Zum Ausklang des Tages traf ich mich abends noch mit besonders guten Beijinger Freunden zum Huo Guo, einer beliebten chinesischen Fondue-Variante, über die ich schon in früheren Kapiteln geschrieben habe. Fernöstliche Düfte, leckeres Gemüse und Fleisch, delikate Saucen, herzhafte bis würzige Beilagen, frisches Yanjing-Bier, liebe Freunde und gute Gespräche – kann eine Chinareise schöner beginnen?

Als ich am nächsten Morgen aus dem Hotelfenster blickte, musste ich erst einmal meine Augen reiben. Ja, wirklich: Dichtes Schneetreiben hatte die chinesische Hauptstadt über Nacht in eine zarte, weiße Decke gehüllt. Den Platz des himmlischen Friedens und den Kaiserpalast mit der verbotenen Stadt im weißen Kleid zu sehen, verbreitet einen ganz besonderen Zauber. Szenen wie aus einem alten fernöstlichen Wintermärchen.

151

Zu einer kleinen „Generalprobe" des großen Festaktes trafen wir uns am Nachmittag in der Empfangshalle des Senders. Der gesamte Eingangsbereich von CRI war festlich geschmückt - alles stand im Zeichen der Jubiläumsfeierlichkeiten.

Fest im Staatshotel

Am 3. Dezember 2011 wurde dann Geburtstag gefeiert: 70 Jahre CRI. In einem Festakt in der Großen Halle des Volkes würdigte der Intendant von CRI, Herr Wang Gengnian im Beisein von Minister Liu Yunshan sowie der stellvertretenden Vorsitzenden des Volkskongresses Chen Zhili und zahlreichen weiteren hochrangigen Vertretern der chinesischen Regierung und der Öffentlichkeit die Leistungen des Senders in den zurückliegenden 70 Jahren. Im Rahmen der Feierstunde im Volkskongress überreichten die Regierungsvertreter uns Gewinnern die Urkunden - zusammen mit einem wertvollen Pokal.

Der Nachmittag gehörte CRI: Besuch in der Redaktion, Interviews, Kaffeeklatsch mit der Redaktionsleiterin Chen Wei, Übergabe der Gastgeschenke. Ich hatte anlässlich des Jubiläums eine Festschrift verfasst: Ein Buch mit eigenen Texten und Erinnerungen der vergangenen Jahrzehnte, mehrfarbig mit festem Einband. Das war mein Gastgeschenk, das ich im Namen des CRI-Clubs an Chen Wei überreichte. Dazu einen Glaspokal mit persönlicher Widmung.

Mit einem Gala-Dinner im Staatshotel am Abend des 3. Dezember, zu dem neben zahlreichen internationalen Staatsgästen auch der Bürgermeister meiner Heimatstadt Herbolzheim eingeladen war, klangen die Feierlichkeiten aus.

Fujian gehört zu den weniger entwickelten Provinzen der chinesischen Ostküste. Direkt gegenüber Taiwan gelegen, befindet sich die Region im Spannungsfeld politischer Themen. Die unterschiedlichen Standpunkte in der Taiwanfrage waren in der Vergangenheit auf jeden Fall ein Hindernis für eine beschleunigte Entwicklung der Region, so dass die Provinz Fujian ihren Nachbarn Guangdong und Zhejiang deutlich hinterherhinkt. Die Stadt Xiamen, wo unsere Reise ihren Anfang nahm, ist eine Sonderwirtschaftszone und gehört somit zu den positiven Ausnahmen. Xiamen ist eine Stadt der Düfte, der Farben und des Lichts. Prächtige Häuserfassaden, weite Alleen, herrlich bunt blühende Blumenrabatten und sonnige Parkanlagen beherrschen die Szenerie. Bei unserer Ankunft präsentierte sich die Stadt am Mittag des 4. Dezember von ihrer schönsten Seite.

Der Flug von Beijing nach Xiamen dauert etwa drei Stunden. Wenn man im Winter aus der kalten chinesischen Hauptstadt in Xiamen ankommt, dann empfiehlt es sich, nach der Ankunft erst einmal die Kleidung zu wechseln. Die Stadt am Meer begrüßte uns mit strahlendem Sonnenschein und sommerlichen Temperaturen um die 25°C.

Xiamen ist die Heimat des bekannten chinesischen Philanthropen Tan Kah Kee. Als überzeugter Patriot hatte sich Tan Kah Kee der Bildung der Jugend in seiner Heimat verpflichtet und gründete 1913 in Jimei bei Xiamen die erste von zahlreichen weiteren Schulen. Zehn Jahre später finanzierte er die Gründung der Universität Xiamen. Heute findet man in Jimei knapp 100 Lehreinrichtungen. Insgesamt förderte Tan Kah Kee 110 Schulen und Ausbildungseinrichtungen in 20 Ländern Südostasiens. Das Grab des großen Förderers befindet sich im Schildkrötengarten, einer Insel bei Xiamen, welche die Form einer schwimmenden Schildkröte hat. Hier ließ er ein Befreiungsdenkmal errichten, das an den Kampf gegen Japan und gegen die Guomindang erinnert. Auf einem 28 Meter hohen Obelisken steht eine Inschrift von Mao Zedong: „Dem Standartenträger der Übersee-Chinesen, dem Ruhm der Nation". Tan Kah Kee wurde mit einem Staatsbegräbnis beigesetzt. Das Wort „Philanthrop" hatte damals noch einen positiveren Klang, als heute, wo sogenannte Philanthropen wie Bill Gates oder George Soros versuchen, mit viel Geld die Institutionen der Welt zu manipulieren, um ihre zweifelhaften Ideen durchzusetzen.

Unser erstes Kennenlernen der Stadt Xiamen begann mit der Besichtigung der Universität, die eng mit Tan Kah Kee in Beziehung steht - dazu gehörte auch das Museum, in dem Reminiszenzen und Schriften Tan Kah Kees zu sehen sind. Sehr malerisch am Meer gelegen, hinter der Kulisse blühender Bäume und bunter Blumenbeete, erinnern die prächtigen Gebäude weitaus mehr an ein zauberhaftes Märchen aus fernöstlicher Vergangenheit, als an eine moderne Universitätsanlage. Das resultiert nicht zuletzt aus Tan Kah Kees Grundsatz „Neue Architektur unter traditioneller Haube". Die bunte, klassisch chinesische Dachkonstruktion ist einzigartig – ich meine, es wäre zu wünschen, dass auch andere Städte sich diese ästhetischen Maßstäbe zu Eigen machen würden. Sehr farbenfroh und abwechslungsreich ist ein Bummel über die innerstädtischen Einkaufsstraßen – ein schöner Ausklang für den ersten Tag in Xiamen.

Die Provinz Fujian ist berühmt für ihre aus Lehm errichteten, meist runden Wohnhäuser, „Tulous" genannt. Diese Tulous der Hoklo- und Hakka-Minorität gelten als weltweit einzigartig und gehören zum Weltkulturerbe der UNESCO – sie haben ihren Ursprung im 12. bis 13. Jahrhundert unserer Zeitrechnung. In der Provinz Fujian sind bis heute noch über 3.000 meist runde Tulous erhalten. Die Hoklo und Hakka stammen ursprünglich aus der zentralchinesischen Yangtse-Region. Kriege, Unruhen und Naturkatastrophen waren für die Migration in den Südwesten der Provinz Fujian ausschlaggebend. Die zugewanderten Hoklo und Hakka bauten ihre Häuser auf einem Fundament aus Steinen, Schlamm und Holz. Die überwiegend kreisförmigen Tulous sind meist von einer oft mehrere Meter dicken Außenmauer aus Lehm umgeben. Auf bis zu fünf Stockwerken boten die Lehmbauten Wohnraum für bis zu 800 Menschen. Aus Sicherheitsgründen besitzt ein Tulou nur einen einzigen Eingang. Zum Schutz vor Einbrechern und anderen ungebetenen Gästen weisen sowohl das Erdgeschoß als auch die erste Etage eines Tulous keine Fenster auf. In der Mitte des Erdgeschosses befindet sich eine Halle. Die Küchen der einzelnen Familien sind um diese Halle herum angeordnet. Die zweite Etage dient ausschließlich als Wohnraum. Die Wohnungen der Familien sind durch einen langen Korridor miteinander verbunden. Sehr viele Mitglieder der Hakka-Nationalität findet man auch, direkt gegenüber gelegen, in Taiwan – darunter auch Chiu Bihui, die Leiterin der deutschen Redaktion von Radio Taiwan International.

Als besonders bedeutend gelten die Tulous im Kreis Yongding, die wir am zweiten Tag unserer Erlebnisreise in der Provinz Fujian besuchen konnten. Die Busfahrt von Xiamen zu dem Freilichtmuseum in Yongding dauert knapp vier Stunden und

155

führt durch zauberhafte Landschaften mit tropischer Vegetation – endlose Bananenplantagen, blütenbewachsene Hänge, teilweise aber auch ärmlich anmutende Dörfer und Kleinstädte. Fujian gehört, wie bereits erwähnt, zu den eher unbekannten und unterentwickelten Regionen Chinas – was nicht zuletzt auf die Frontlage gegenüber Taiwan zurückzuführen ist. Solange der Status der Beziehungen weiterhin als offen betrachtet wird, wird Beijing sich mit Investitionen und Entwicklungsmaßnahmen vermutlich auch in Zukunft zurückhalten. Die Tulous von Yongding sind kein Freilichtmuseum im eigentlichen Sinne. Die Menschen, meist Hakka, leben weiterhin dort in den Lehmhäusern, bewirtschaften die Gärten und verkaufen ihre Erzeugnisse und auch Reiseandenken an die Gäste. So bewegt man sich als Besucher auf einer wundervollen Zeitreise zwischen den Jahrhunderten und verliert leicht das Bewusstsein für die Flüchtigkeit der Gegenwart.

Die Insel Gulangyu liegt nur wenige hundert Meter entfernt vom Bootshafen der Stadt Xiamen. Mit einer Fähre kann man sich in wenigen Minuten vom Festland nach Gulangyu hinüber transportieren lassen. Der erste Eindruck, den man von der Insel erhält, ist eine Stille, wie man sie in China selten findet. Es gibt, außer Elektroautos, keine motorisierten Fahrzeuge: Kein Lärm, keine Abgase, kein Verkehrsstress. Bekannt ist Gulangyu insbesondere als die Klavierinsel Chinas – an keinem anderen Ort des ganzen Landes gibt es so viele Klaviere auf so kleinem Raum, wie auf der kleinen Insel vor der Küste Xiamens. Es überrascht also nicht, dass es dort sowohl ein Musikkonservatorium und einen Konzertsaal als auch ein Orgel- und ein Klaviermuseum gibt. Übersetzt man den Namen Gulangyu in unsere Sprache, dann bedeutet das so etwas wie „Insel der Trommelwellen". Die Insel verdankt diesen Titel dem Geräusch der Meereswellen, die auf die Riffe im Südwesten der Insel aufschlagen. Ebenso poetisch wie der Name offenbart sich auch die Landschaft mit ihren grünen Hängen, ihren stillen Ausflüchten und ihren mit roten Ziegeln gedeckten Häusern. Auf dem höchsten Punkt der Stadt, knapp 100 Meter über Meereshöhe, steht ein Aussichtsturm, von dem aus man nicht nur die ganze Insel, sondern auch das Meer und die bunte Häusersilhouette von Xiamen überblicken kann.

Ein bedeutendes buddhistisches Heiligtum aus der Tang-Dynastie ist der Nanputuo-Tempel. Sein Name bedeutet so viel wie „südlich (Nan) der Putuo-Berge (der Nachbarprovinz Zhejiang)". Er befindet sich, ebenso wie die Insel Gulangyu im südwestlichen Teil von Xiamen. Zauberhaft eingebettet zwischen den malerischen Wellen des Ostchinesischen Meeres und den schroffen Felsen des Wulao-Berges gehört der Nanputuo-Tempel zusammen mit der Universität und der Insel Gulangyu zu den drei Hauptsehenswürdigkeiten in Xiamen. In den zahlreichen Hallen des Tempels findet man neben den 28 Buddha-Statuen aus Myanmar auch eine große Anzahl bedeutender buddhistischer Schriften und Dokumente. Weithin bekannt ist zudem die vegetarische Küche des Nanputuo-Tempels. Es ist eine Stätte der Stille und der Einkehr, der auch die oft große Zahl touristischer Besucher kaum etwas anhaben kann. Duftende Räucherstäbchen in gusseisernen Kesseln, kahlgeschorene Mönche in orangegelben Kutten, betende Gläubige vor den Heiligtümern kniend – wie alle buddhistischen Heiligtümer Südostasiens ist auch der Nanputuo-Tempel ein Ort der Zwiesprache zwischen den Gläubigen und der Gottheit.

Die Berge von Wuyishan liegen im äußersten Nordwesten der Provinz Fujian, direkt an der Grenze zur Nachbarprovinz Jiangxi. Seit 1999 in der UNESCO-Liste des Weltnaturerbes stehend, gehört die Region zu den bedeutendsten Naturschönheiten Chinas. Mit 2158 Metern ist der Huanggangshan der höchste Gipfel der Region. Das gesamte Gebiet erstreckt sich über 500 Kilometer mit Höhen zwischen 1000 und 1500 Metern. Das Gebirge verdankt seinen Namen einer alten Legende aus der Zeit der Shang-Dynastie. Dort heißt es, dass ein direkter Nachfahre des Gelben Kaisers mit Namen Qian Keng im Gebiet der heutigen chinesischen Provinz Jiangsu lebte. Als in jenen Jahren in Zentralchina Unruhen ausbrachen, flohen seine beiden Söhne Wu (武 = Krieg) und Yi (夷 = Barbar) in die Bergwelt Fujians und gaben so dem Gebirge seinen heute noch gebräuchlichen Namen Wuyishan.

Am bequemsten erreicht man die Bergwelt Wuyishans von Xiamen aus mit einem Inlandsflug. Die gleichnamige Stadt verfügt über einen eigenen Flughafen, von dem aus es auch einen täglichen Flugverkehr mit der chinesischen Hauptstadt gibt. Ein ganz besonderes, wenn auch nicht allzu komfortables Erlebnis ist die Anreise im Schlafwagen eines Nachtzuges, der sich in über zehnstündiger Fahrt aus dem südlich warmen Xiamen in die nordwestlichen Berge schlängelt. Für diese Art des Transports hatten sich unsere Organisatoren entschieden, so dass wir früh morgens etwas übermüdet bei Nieselregen in Wuyishan eintrafen.

Gewiss, hätte strahlender Sonnenschein unsere Wanderungen begleitet, hätten die Berge von Wuyishan sich uns weit prächtiger und farbenfroher zeigen können. Doch auch bei Regen, in zarte Nebelschleier gehüllt, hat die üppige Natur ihren ganz eigenen Zauber. In einem Bambusfloß den Fluss der neun Windungen und seine 36 Felssäulen entlang gleitend, eins werdend mit der Poesie einer Landschaft, die man sonst nur aus alten chinesischen Gemälden kennt, taucht man ein in eine Welt der Ruhe, der Stille und einer natürlichen Schönheit, die auf der Erde ihresgleichen sucht. Gute zwei Stunden dauert die ruhige Fahrt auf einem Stocherkahn, mit dem man durch pittoreske Felslandschaften und entlang einzigartiger Naturreservate gleitet. Weiße Reiher, exotische Blumen und das tiefgrüne Wasser – die Vielfalt der Eindrücke ist überwältigend.

Im Stocherkahn durch die Stille

„Sehen, riechen, schmecken", so sollte man Wuyishan mit ganzen Sinnen erleben. Es ist die atemberaubende Landschaft, ihre Düfte und das feine Aroma des Wulong-Tees, auch Oolong-Tee genannt, wofür die Gegend so bekannt ist. Dahongpao oder Roter-Mantel-Tee, das ist der berühmteste Wulong-Tee, der direkt von den drei berühmten, natürlich gewachsenen Teebäumen des Wuyi-Gebirges stammt, die China als Staatsschatz unter den besonderen Schutz der Regierung gestellt hat. Der Name Dahongpao geht auf eine berühmte Legende zurück: Als vor langer Zeit ein junger Mann auf seinem Weg zur Beamtenprüfung schwer erkrankte, musste er in einem Kloster rasten, um sich von seiner Krankheit zu erholen. Durch den Genuss eines besonderen Tees wurde er überraschend schnell geheilt, so dass er doch noch rechtzeitig an der Prüfung teilnehmen und diese als Bester bestehen konnte. Jahre später, als er bereits ein hoher Beamter war, erkundigte er sich nach der Herkunft des

Tees. Als man ihm die Teepflanze zeigte, nahm er seine rote Robe ab und legte sie um die Pflanze.

Den Tee kann man bis zu neunmal aufgießen, normale Felsentees höchstens sieben Mal. Der echte Dahongpao wird im Frühjahr in einer traditionellen Zeremonie geerntet – er erzielt durchweg Preise von mehreren tausend Euro je 100 Gramm. Die Teepflanzen werden durch Stecklinge von den Originalbäumen vermehrt und in größeren Plantagen in Wuyi-Gebirge kultiviert. Nachdem wir diese drei berühmten Teebäume hinreichend gewürdigt hatten, führte die Straße uns weiter in eine Bergwelt, an deren Fuß sich riesige Teeplantagen befanden, deren Blüten einen wirklich einzigartigen Duft verströmten.

Während einer traditionellen Teezeremonie erklärte man uns die Wege der Zubereitung von Wulong-Tee - selbstverständlich mit der Möglichkeit einer Kostprobe aus der Vielfalt edler Teesorten der Region. Wer Wuyishan besucht, sollte außerdem nicht versäumen, in einem der vielen Teegeschäfte einzukehren, sich die Zeit für eine „Teeprobe" zu nehmen und, bei Gefallen, sich auch mit einigen Teevorräten einzudecken.

Sehenswert sind auch die vielen Holzschnitzereien der Stadt Wuyishan. Von kleinen Buddha-Statuen bis hin zu riesigen, bis zu 10 Meter breiten Holzreliefs reicht die Palette dieser traditionellen Kunst im Nordwesten der Provinz Fujian.

Nach einem ruhigen Rückflug in die chinesische Hauptstadt wartete bereits unsere frühere Austauschschülerin Sun Yiqi, die zusammen mit ihrer Mutter aus der Provinz Anhui angereist war, um mich zu sehen, im Hotel auf mich. Leider war die Zeit, die wir gemeinsam in einem Huo-Guo-Restaurant miteinander verbringen konnten, viel zu kurz. Schön ist es aber trotzdem, Freunde zu haben, die aus der Ferne kommen (Konfuzius).

Den Ausklang dieser wundervollen Reise bildete als letzter, ganz besonderer Höhepunkt, ein gemütliches Frühstück mit meinem Freund Sun Jingli, der bei China Radio International damals als Direktor für die gesamten Sprachbereiche Westeuropas und Lateinamerikas verantwortlich war. Jingli erzählte mir von neuen, erweiterten Aufgaben, die er bei CRI zusätzlich übernommen hatte – u.a. die Leitung einer zusätzlichen Sprachredaktion. Ich berichtete von meinen eigenen beruflichen und literarischen Plänen, von den Aktivitäten des CRI-Clubs – und natürlich gab es auch viel Persönliches zu besprechen.

All das, was ich da erlebt habe, aber auch die große Liebe zum Radio waren es, weshalb auch heute noch mein Herz ganz fest für China, für Taiwan und viele andere Orte schlägt. Die große Gastfreundschaft, die ich auch in China erneut erfahren habe, überwältigende Eindrücke, herausragende landschaftliche Schönheit, die zwingend nach poetischem Ausdruck verlangt, unvergleichliche kulinarische Vielfalt und liebenswerte Menschen. Mit jeder Reise entstanden neue Freundschaften, mit jedem Abschied ließ ich man einen Teil meiner Seele zurück in den besuchten Ländern - und mit jeder neu geknüpften Bindung bildete sich ein neuer Grundstein für meine Reise um die Welt. Mit dem Radio.

Zu Gast bei Radio Bulgarien

Im Jahr 2013 reisten meine Frau Linda und ich nach Bulgarien. Für den dritten Tag unserer Reise war ein Besuch bei Radio Bulgarien geplant.

Bereits seit dem Jahr 1974 gehöre ich zu den regelmäßigen Hörern des Senders und stehe seither auch in engem Briefkontakt mit der Station. Radio Bulgarien, das sich früher „Radio Sofia" nannte, ist der Auslandsdienst des bulgarischen nationalen Radiosystems BNR (Българско национално радио). Neben Bulgarisch, Deutsch und Englisch produziert Radio Bulgarien auch heute noch acht weitere Fremdsprachenprogramme. Allerdings ist man mittlerweile nur noch über einen Webstream zu hören. Die Kurzwelle steht nicht mehr zur Verfügung. Der Sender versteht sich aber nach wie vor sich als Botschafter seines Landes für die Menschen und als offenes Fenster der Welt nach Bulgarien. In einer Denkschrift, die ich zum 70. Jubiläum des Senders im Mai 2006 geschrieben hatte, heißt es u.a.:

„Radio Bulgarien gehört auch heute noch zu meinen absoluten Favoriten unter der immer noch beachtlichen Anzahl international operierender Rundfunkanstalten. Der Sender sorgt in unserem Haus fast täglich für umfassende Informationen aus Bulgarien und der Welt, hintergründige Berichterstattung und kritische Analysen auch komplexerer Ereignisse und überträgt zugleich beste Unterhaltung auf sehr hohem Niveau. Die bezaubernde Schönheit und schier unerschöpfliche Vielfalt bulgarischen Kunst- und Musikschaffens wären mir wohl bis heute verborgen geblieben, wenn mich nicht schon in jungen Jahren die Faszination des Kurzwellen-Fernempfangs zu der Station aus der bulgarischen Hauptstadt geführt hätte.

Auslandsdienste unterhalten oft einen wesentlich engeren Kontakt und eine persönlichere Beziehung zu Ihren Hörern, als regionale Sender. In ganz besonderem Maße gilt das für Radio Bulgarien. Schon in den Jahren der politischen Teilung Europas in zwei fast monolithische Blöcke wurden die Hörer wie gute Freunde behandelt und jederzeit ausgezeichnet betreut. Das Engagement der Mitarbeiter ist auch heute sehr beeindruckend, in gewisser Hinsicht haben sich die Beziehungen zwischen Sender und Hörern sogar auf ein noch höheres Niveau begeben, als in den Jahren vor dem Fall des Eisernen Vorhangs. Durch die Verkürzung der Kommunikationswege, elektronische Post und Internet ist der persönliche Dialog noch intensiver und lebendiger geworden. So werden Hörerfragen oft postwendend per E-Mail beantwortet oder wichtige Ankündigungen im Internet zum Abruf bereitgestellt.

Seit den Jahren der Wende und dem Wegfall der ideologischen Trennmauern in Europa erhielt das Niveau der deutschsprachigen Programme viele positive Impulse, die sich in der Qualität und Glaubwürdigkeit der Informationen widerspiegeln. Zugleich ist man sich, wie ich schon früher einmal konstatierte, im positiven Sinne bis zu einem gewissen Grad selbst treu geblieben. Auch heute noch bestimmen lebendige und anschauliche Berichte über Geschichte, Kunst und Kultur das Erscheinungsbild der Programme. Sendungen wie „Darf ich vorstellen", „Reiseland Bulgarien", „Bulgarische Volkskunst" sowie zahlreiche Beiträge über Wirtschaft, Bildung, Wissenschaft und Technik präsentieren die vielfältigen Facetten des neuen Bulgarien. Dass dabei auch unbequeme Themen wie beispielsweise die verbreitete Verarmung, die anhaltend hohe Korruption und Kriminalität nicht ausgeklammert, sondern offen diskutiert werden, ist ein weiteres Indiz für den hohen Grad an Objektivität und Glaubwürdigkeit, die den bulgarischen Auslandsrundfunk in den Jahren nach der Wende auszeichnet."

Die meisten der genannten Sendungen gibt es nicht mehr, doch weiterhin kann man über das Internet täglich Aktuelles aus Bulgarien erfahren.

Linda und die deutsche Redaktion. In der Mitte Rossiza Radulova.

Ganz sicher hätte die Reise, über die ich ebenfalls ein Buch geschrieben habe, ohne die Sendungen von Radio Bulgarien gar nie stattgefunden.

Unser Besuchstermin, den ich Wochen vorher schon via E-Mail mit Rossiza Radulova von der deutschen Redaktion abgestimmt hatte, war auf 13:00 Uhr Ortszeit festgesetzt. Es verblieb davor noch hinreichend Zeit für einen weiteren Besichtigungs- und Einkaufsbummel durch Sofia. Nachdem wir am Montag schon stundenlang durch die Innenstadt geschlendert waren, fühlten wir uns nun fast schon heimisch. Vieles kam uns bereits vertraut vor und trotzdem entdeckten wir ständig Neues. Sofia ist eine faszinierende Stadt, ein Ort voller Geschichte, an dem sich

Antike und Gegenwart, Ost und West, Christentum und Islam in einer Dichte begegnen, wie ich sie wohl noch an keinem anderen Ort der Erde erlebt habe. Wer einen historischen Stadtkern sucht, wie man ihn beispielsweise in Prag oder Bratislava findet, der wird enttäuscht sein. Sofia ist eine ungewöhnliche Stadt, ganz anders als andere europäische Hauptstädte, und hat ihren ganz eigenen Charme.

Im ehemaligen Zarenschloss gibt es einen kleinen Laden, in dem man Kunsthandwerkliches aus allen Landesteilen kaufen kann – wenn auch nicht ganz billig. Wer in Bulgarien zu Besuch ist, der sollte sich auf jeden Fall mindestens eine Martenitza (мартеница) nach Hause mitnehmen, besser gleich eine Auswahl, denn Martenitzi sind auch besonders poetische und liebevolle Geschenke für gute Freunde, die Radio Bulgarien in früherer Zeit Jahr für Jahr als Frühjahrsgruß an seine Hörer verschickt hatte – auch in den Jahren des Kommunismus.

Wenn der Frühling naht, tragen die Bulgaren jedes Jahr ihre traditionellen Martenitzi in Form von Ketten und Haarschmuck aus roten-weißen Bändern mit je einer Quaste am Ende. Schon ab Februar schmücken die farbenfrohen Frühlingsboten Märkte, Plätze und Läden in Bulgarien. Pünktlich zum ersten März – März heißt auf Bulgarisch „март" („Mart") – schenken die Bulgaren sich die bunten Bänder als Zeichen für einen baldigen Frühling und wünschen sich damit Gesundheit, Glück und ein langes Leben. Der rote Faden symbolisiert dabei das Weibliche, die Liebe und den Quell des Lebens, der weiße Faden steht für Reinheit und Männlichkeit, aber auch für den Wunsch nach einem langen Leben.

Martenitzi trägt man an der Hand, am Hemd- oder Jackenkragen, an der Bluse, als Kette oder auch als Haarschmuck. Martenitzi, so glauben die Bulgaren, sollen helfen, den Winter zu vertreiben und dem Frühling den Weg zu bereiten. Wenn dann

165

endlich die ersten Schwalben oder Störche im Land eintreffen, legen die Bulgaren ihre Martenitzi ab und binden sie an den nächsten blühenden Baum, dem sie begegnen.

Zur Martenitza erzählt man sich in Bulgarien diese Legende:

Es war einmal, vor langer Zeit. Der bulgarische Herrscher Han Isperih war ein weiser und umsichtiger Herrscher, der stets um das Wohl seines Volkes besorgt war. Als er sah, dass das Land, in dem er herrschte, sein Volk nicht mehr zu ernähren vermochte und zudem immer häufiger Feinde von außen sein Land bedrohten, verließ er seine Heimat um einen besseren und glücklicheren Ort für sein Volk zu finden. Nach vielen Wochen und großen Gefahren fand der König endlich das Land der Slawen. Die Slawen erwiesen sich als friedfertige und herzliche Menschen, die ihn mit Freude und Gastfreundschaft willkommen hießen. Sie deckten ihre Tafel zur Begrüßung des Gastes reichlich mit den besten Gerichten, Getränken und Früchten des Landes und luden den Gast ein, für immer in ihrem Land zu bleiben und ihr König zu sein.

Ein Leben ohne Sorgen und Last sollte Han Isperih bestimmt sein, doch mit jedem Tag, an dem er im Land der Slawen lebte, überkam ihn eine tiefere Trauer. Der Schmerz der Trennung von seinen Verwandten, seiner Mutter und seiner Schwester Kalina zerschnitt sein Herz. Er dachte an sein Volk. Bittere Tränen tränkten seine Wangen und fielen als schwere Tropfen in das Wasser.

Im Augenblick tiefster Trauer geschah ein Wunder. Über sich an der Mauer entdeckte er eine Schwalbe, die sich ihm näherte. Sie flog direkt auf ihn zu und er erkannte, dass der Vogel ein Bote aus seiner Heimat war. Als sie sich direkt vor Hans Händen auf dem Tisch niederließ, gab es für ihn kein Halten mehr.

Das Herz quoll ihm über und unter Tränen erzählte er, als sei sie ein Mensch, der Schwalbe von seinem Kummer.

Es schien dem König, als habe die Schwalbe seine Worte verstanden. Und wirklich: Sie flog auf und machte sich auf den Weg nach Hause ins Heimatland des Herrschers. Daheim, im Schloss seiner Familie angelangt, setzte die Schwalbe sich auf den Fenstersims, blickte Kalina, der Schwester des Königs, in die Augen, und begann in der Sprache der Menschen zu sprechen. Sie erzählte Kalina, dass Isperih ein neues Reich habe, in dem er aber sehr traurig sei und seine Familie und sein Volk sehr vermisse.

Die junge Frau beschloss, Ihrem Bruder zu folgen und Familie und Volk zu ihm zu führen. Als ersten Gruß band sie zwei Baumwollfäden an die Füße der Schwalbe, die sich sehr beeilte, um Isperih die Nachricht zu bringen.

Der Frühling nahte schon, als sie das Schloss des Königs erreichte. König Isperih sah, dass einer der Fäden von der großen Anstrengung blutig geworden war. Als er dies sah, nahm er die Fäden ab und hängte sie sich an seinen Hemdkragen. Schon bald trafen auch sein Volk und seine Familie in dem schönen Lande der Berge und Seen ein, das sich heute Bulgarien nennt. Fortan, so bestimmte der Herrscher, solle jeder im Lande in jedem Jahr den Frühling mit einem roten und einem weißen Faden begrüßen. Das war die Geburtsstunde der Martenitza. Seit diesem Tag tragen alle Menschen in Bulgarien am ersten März eine Martenitza in der Hand, im Hemd oder in den Haaren und legen sie erst wieder ab, wenn die erste Schwalbe von ihrer langen Reise in den Süden zurückgekehrt ist. Sie hängen das rotweiße Band an einen blühenden Baum und wünschen sich und ihren Lieben, dass auch dieses Jahr wieder Glück und Segen bringen möge.

Wir kauften neben anderen Dingen gleich eine ganze Auswahl solcher schönen rot-weißen Reiseandenken, um sie später an gute Freunde verschenken zu können.

Pünktlich um 13:00 Uhr, was aufgrund der vielen Demonstrationen im Stadtzentrum gar nicht so einfach war, erreichten wir mit einem Taxi den Dragan Tsankov Boulevard 10. Am Eingang erwartete uns eine sehr genaue Pass- und Personenkontrolle, bei der wir darauf hingewiesen wurden, dass fotografieren streng verboten sei – vermutlich ein Relikt aus sozialistischen Tagen. Dass aber auch hier die Gerichte nicht so heiß gegessen werden, wie sie gekocht sind, sollte sich schon kurz darauf zeigen. Die freundliche Frau an der Pforte jedenfalls identifizierte uns sogleich, ohne dass wir ein Wort gesagt hatten, als Linda und Helmut Matt. Sie war offensichtlich bereits über unseren Besuch unterrichtet und griff, nachdem ich ihre Vermutung mit einem Lächeln bestätigt hatte, zum Telefon und informierte die Kollegen in der deutschen Redaktion über unsere Ankunft.

Es dauerte nicht lange, bis Wladimir Wladimirow vor uns stand, uns sehr liebenswert begrüßte und uns einlud, mit ihm zusammen in die deutsche Abteilung von Radio Bulgarien zu gehen. Wladimir war insbesondere für seine spannenden und sachkundigen Architektursendungen bekannt. Auch die liebevolle thematische Begleitung der elektronischen QSL-Karten stammte aus seiner Feder. Die gesamte Redaktion war in einem einzigen Bürozimmer untergebracht. Gut möglich, dass es da bisweilen recht beengt zugehen konnte.

Vessela Vladkova wartete bereits auf uns und bald darauf traf auch Rossiza Radulova ein, mit der ich das Treffen im Vorfeld abgestimmt hatte. Rossiza war für viele Jahre für die Hörerbetreuung zuständig und moderierte in diesem Zusammenhang die beliebte Briefkastensendung „Postecke", die es leider mittlerweile auch nicht mehr gibt. Die Hörerbetreuung war beim bulgarischen Auslandsrundfunk immer besonders engagiert und zuvorkommend und auch heute noch beantwortet man die Briefe der Hörer mit viel Engagement. Auch Rossiza Radulova hat in diese Aufgabe immer sehr viel Herzblut und Begeisterung gesteckt – weshalb sie bei ihren Hörern besonders beliebt war und immer noch ist.

Linda mit Rossiza Radulova

Es war ein sehr netter, fast familiärer Empfang, der in der Redaktion auf uns wartete. Für mich war es nach fast 40 Jahren Hörerfreundschaft ein wirklich ergreifender Augenblick. Trotz des angeblich „strengen Verbotes" stellten wir uns sogleich zu schönen Familienfotos auf. Auch in den Studios, durch die wir dann geführt wurden, war es kein Problem, die eine oder andere Aufnahme zu machen. Wir sahen Hörspielstudios, das Studio, in dem die deutschen Programme produziert wurden, ein altes Studio mit historischen Bandmaschinen, wir besuchten Radio Sofia, den heutigen lokalen Rundfunksender der Hauptstadt.

Überall wurden wir freundlich und herzlich empfangen. Die akustisch ausgeklügelten Kassettenwände- und Decken im Konzert- und Hörspielstudio erinnerten mich an das Hörspielstudio des ORB Berlin, den ich vor einigen Jahren besuchen durfte.

Gemütlich ging es beim anschließenden Kaffeeklatsch zu, bei dem zunächst alle drei Kollegen anwesend waren. Rossiza und Vessela entschuldigten sich zwischenzeitlich bei uns, weil sie das aktuelle Tagesprogramm produzieren mussten. Nach einer guten Stunde war unser Kaffeekränzchen dann aber wieder vollzählig.

Meine Frage nach der Zukunft von Radio Bulgarien wollte keiner der Anwesenden wirklich optimistisch beantworten. Immerhin sieht man beim bulgarischen Auslandsrundfunk Deutsch als „wichtige" Fremdsprache an – im Falle von Kürzungen gibt es gewiss andere Sprachen, die vorher reduziert oder eingestellt würden. Positiv wirkt sich offensichtlich auch die Einstellung der Kurzwelle aus, die in der Vergangenheit einen wesentlichen Kostenfaktor dargestellt hatte. Mittlerweile ist man nur noch im Internet zu hören. An Hörern und Zuschriften mangelte es damals aber trotzdem noch nicht - was sich mittlerweile aber leider nicht mehr sagen lässt. Ich denke, mit iPhone Apps, Podcast und Livestream konnte man ohne spürbare Mehrkosten neue Hörerkreise erschließen, aber viele Stammhörer hat man ohne die Kurzwelle im Regen stehen lassen. Diese Idee teilt man auch in der deutschen Redaktion. Wie dieses Thema in der Direktion gesehen wird, das ist eine andere Frage.

Während unserer Kaffee-Plauderstunde erklärte mir Wladimir Wladimirow, dass es bei Radio Bulgarien keine Zensur gibt, obwohl BNR ein staatlicher Sender ist. Es gebe zwar, wie bei den Auslandsdiensten anderer Länder, eine Zentralredaktion, die den einzelnen Sprachredaktionen zuarbeitet. Trotzdem aber steht es den einzelnen Sprachredaktionen frei, gelieferte Informationen zu übersetzen und zu berichten oder wegzulassen. Auch eigene Meldungen, die nicht von der Zentralredaktion stammen, können unzensiert in das Programm integriert werden. Mein persönlicher Eindruck von den Sendungen bestätigt das durchaus. Ob dies auch in Zukunft der sein Fall würde, war damals noch nicht abzusehen. Mittlerweile wurde das Angebot des Senders jedoch in einem Maße gekürzt, dass der tägliche redaktionelle Teil sehr überschaubar geworden ist.

Schade war, dass der frühere Redaktionsleiter Alexander Alexandrow es nicht, wie geplant, geschafft hat, an unserem netten, Treffen teilzunehmen. Wahrscheinlich haben ihm die vielen Absperrungen in der Innenstadt von Sofia infolge der Regierungsproteste einen Streich gespielt.

Radio heute

So, wie ich in meinem Gedicht über das Radio geschrieben habe, existieren die meisten internationalen Radiosender mittlerweile nicht mehr. Das Geld will man sich nun sparen. Auch die Zeit der großen Radioreisen ist vorbei und der Rundfunk auf der Lang-. Mittel- und Kurzwelle hat heute ein ganz anderes Gesicht. Selbst CRI - Radio China International ist nur noch ein Schatten dessen, was es einmal war. In deutscher Sprache gibt es auf der Kurzwelle zwar offiziell noch „Sendungen", doch in Wirklichkeit ist es nur noch eine Dauerschleife mit chinesischer traditioneller Musik. Ganz ohne Wortbeiträge.

Nach dem Fall des Eisernen Vorhangs hat sich rasch gezeigt, dass Propaganda und Beeinflussung für viele Länder ein ganz wesentlicher Motivator waren, einen Radiodienst für das Ausland zu betreiben. Bereits kurz danach wurden die ersten Auslandsdienste eingestellt. Nach und nach wurden es immer weniger. Den verbliebenen Sendern wurde immer mehr der Geldhahn zugedreht. Das zunehmende Spardiktat zwang sie, ihre Dienste immer weiter und weiter einzuschränken. Besonders anschaulich kann man das bei den wenigen Stationen beobachten, die heute noch zu hören sind. Das Sparen geht sogar so weit, dass beispielsweise Radio Rumänien International zwar noch senden kann, dass aber nicht einmal mehr Geld bereitsteht, QSL-Karten zu drucken und mit der Post zu versenden.

Das Internet sorgte zudem dafür, dass sich nicht nur die Hörgewohnheiten änderten. Durch die Übertragung der Sendungen über einen Server glaubten viele Stationen, Geld sparen zu können. Man konnte jedoch rasch erkennen, dass dadurch ein wesentlicher Teil der Hörerschaft verlorenging. Auch das Engagement des verbliebenen Rests ließ nach und es zeigte sich, dass die Umstellung der Übertragung über das Internet sehr häufig nur eine Vorstufe zur vollständigen Einstellung der Dienste war.

Wer nun denkt, Themen wie Störsender oder Jamming hätten sich heutzutage erledigt, der irrt. Es stimmt, dass es die massiven Störungen westeuropäischer Stationen durch russisches Brummen, Knattern und Pfeifen nicht mehr gibt. In wesentlich geringerem Umfang, trotzdem nicht zu vernachlässigen, stören heute noch Sender aus der Volksrepublik China Sendungen, die versuchen, von der offiziellen Doktrin abweichende Meinungen über den Rundfunk ins Land zu tragen. Vor allem Sendungen von Radio Free Asia und Radio Taiwan International, die Sendungen für das chinesische Festland produzieren, sind Opfer dieser Jammer. Falun Gong ist eine Gruppe von Menschen, die Meditation mit einer Moralphilosophie verbindet, die auf den Grundsätzen von Wahrhaftigkeit, Gutherzigkeit und Nachsicht basiert. Weil sie die Doktrin der Kommunistischen Partei kritisiert, ist sie in China strengstens verboten. Falun Gong betreibt mit SOH, dem Sound of Hope eine ganze Vielzahl von Sendern, mit denen man von Taiwan aus Sendungen für das Festland ausstrahlt. Mit allen akustischen Mitteln, die man zur Verfügung hat, versucht Festland-China, die zahlreichen Frequenzen von Sound of Hope in einem Maß zu stören, dass sie von den Menschen in ihrem Land nicht gehört werden können. Dass dies nicht immer möglich ist, haben wir bereits in einem früheren Kapitel gelernt. „Wellen, die sich frei bewegen / kann man nicht in Ketten legen", heißt es in einem meiner Gedichte. Häufig kommen in Festland-China die Signale der Sound of Hope so stark an, dass man sie trotz Jamming hören kann. Zudem weicht die SOH sehr häufig auf Nachbarfrequenzen aus, die noch nicht mit Störsendern belegt sind. An dieser Stelle zeigt sich besonders anschaulich, dass man zwar das Internet weitgehend überwachen und blockieren kann, dass es aber nahezu unmöglich ist, den Rundfunkwellen Einhalt zu gebieten.

Kurzwellenradio ist aber heute nicht nur eine Plattform für Auslandsdienste und propagandistische Einflussnahme. Viele kleine Sender mit relativ geringer Sendeleistung (LPAM = Low Power AM) beleben heute die Bänder und es ist auch unter den Hörern eine nicht unwesentliche Gemeinde verblieben, die sich regelmäßig vor ihre Empfänger setzt und den oftmals fernen Signalen lauscht. Durch die Abschaltung der Hochleistungssender sind viele Frequenzen nicht mehr belegt, so dass auch die „Kleinen" eine bessere Chance haben, gehört zu werden. Mit entsprechender Antennentechnik, einem guten Empfänger und ein wenig Glück ist es bei Nacht sogar möglich, kleinste Stationen mit 100 Watt viele hundert Kilometer weit zu empfangen. So konnte ich beispielsweise schon mehrfach Radio Redhill empfangen, das seine Programme mit nur einem Watt aus der Nähe von London ausstrahlt. Auch Radio Eule, das mit 10 Watt aus dem Deutschen Museum bei München sendet, ist regelmäßig hier im Breisgau zu Gast. Beispiele auf der Kurzwelle sind die Sender LRA36 aus der Antarktis, Radio Mosoj Chaski aus Bolivien oder Radio Education aus Mexico, die trotz extrem geringer Sendeleistung immer wieder auf der ganzen Welt empfangen werden können.

Weiterhin senden Radiopiraten auf der Mittel- und Kurzwelle. Gegen regelmäßige Zahlung einer Lizenzgebühr ist es aber mittlerweile auch möglich, ganz legal On Air zu gehen. Sehr viele Stationen nutzen dies. Besonders in den Niederlanden und Italien senden viele private Kleinsender – vorwiegend auf der Mittelwelle. Aber auch auf der Kurzwelle gibt es eine ganze Menge Stationen, die auf diesem Weg ihre Signale zu den Hörern bringen. Aus Deutschland sendet da beispielsweise der Channel292, der auf drei Frequenzen vertreten ist und dort die Programme verschiedener Radiomacher verbreitet. Zu den besonders bekannten und beliebten Free-Radio-Sendern aus den Niederlanden zählen beispielsweise Radio Delta oder Radio Casanova, die auch einen ganz besonders engen und freundschaftlichen Kontakt mit den Hörern pflegen.

An die Stelle der herkömmlichen Übertragung über die Kurzwelle tritt mittlerweile immer häufiger der Empfang über das Internet. Es gibt nun spezielle WLAN-Internetradios, mit denen man zigtausende von Sendern aus der ganzen Welt in digitaler Qualität hören kann. Ein Computer ist dafür nicht nötig. Streng genommen handelt es sich dabei nicht um Rundfunk, sondern um mediales Streaming.

DRM hingegen hat sich fast nirgendwo durchgesetzt. DRM (Digitale Radio Mondial) ist eine Technik zur digitalen Übertragung von Radiosignalen über die Mittel- und Kurzwelle. Mit einem herkömmlichen Radioempfänger nimmt man DRM nur als starkes Rauschen wahr, mit einem DRM-Empfänger oder einem entsprechenden AddOn für ein SDR-Radio klingt eine DRM-Sendung kristallklar. In größerem Umfang wird die Technik, mit der man auch Text und Bilder übertragen kann, mittlerweile nur in Indien eingesetzt.

Die Geschichte des Rundfunks ist nun schon über 100 Jahre alt. Es gibt noch vieles, was man darüber erzählen könnte. Es gibt aber auch viel Sehenswertes aus Vergangenheit und Gegenwart. So haben sich jetzt auch Radioenthusiasten gefunden, die Gegenstände gesammelt haben, die mit dem Radio in Verbindung stehen. So sind an viele Orten der Erde mit nahezu ebenso vielen Schwerpunkten sogenannte Radiomuseen entstanden. Eine ganze Reihe dieser Museen kann man nicht nur besichtigen. Man kann sie auch hören. Viele von ihnen strahlen regelmäßig, manche auch bei besonderen Anlässen, Radioprogramme aus, die rund um das Museum herum empfangen werden können – bei Nacht auch weit darüber hinaus. Mit nur einem Watt Leistung gibt es da beispielsweise die Kleinstsender aus Cham und Wertingen auf der früheren Frequenz des Bayerischen

Rundfunks, 801 KHz. In ganz Europa zu hören ist das Museumsradio aus Bad Ischl, das auf der früheren Frequenz des ORF sendet und das über einen schier unerschöpflichen Fundus an alten Schall- und Schellakplatten verfügt.

Eine ganz andere Art von Radioenthusiasten sind die Sammler alter Radios, Empfangsanlagen und anderer Dinge, die mit dem Rundfunk in Zusammenhang stehen. Teils sind diese Sammlungen privat, teils werden sie der Öffentlichkeit zugänglich gemacht. Einer der bekanntesten Sammler ist Ali Al Tomaihi aus Jeddah in Saudi-Arabien. Seine Geschichte mit dem Radio, so hat er mir erzählt, begann sehr ähnlich wie meine eigene. Im Alter von acht Jahren, es war im Jahr 1988, saß er neben seinem Vater und hat zugeschaut und zugehört, wie dieser mit Begeisterung an seinem Radio saß. Auf diese Weise hat er seine Liebe zum Radio entdeckt, die ganz offensichtlich bis heute nicht erloschen ist. Mittlerweile hat er mehr als 600 Radios aller Art gesammelt – vom Dampfradio über Weltempfänger bis hin zu Worldspace und DAB und er hat weiterhin auch Spaß daran, auf allen möglichen Empfangswegen Radio zu hören.

Radio hat viele Gesichter. Ich denke, Radio wird nicht aufhören zu existieren und es wird auch immer Hörer geben, die Radiosendungen hören: Sei es linear oder „On Demand". Auch AM-Radio auf der Mittel- und Kurzwelle wird nicht verschwinden, auch wenn es heute einen ganz anderen Resonanzraum und teilweise auch einen anderen Hörerkreis findet, als noch vor 30 Jahren.